KUWEI

酷威文化

图书 影视

［日］日冲樱皮 著

金明兰 译

费马
最终定理

百花洲文艺出版社

BAIHUAZHOU LITERATURE AND ART PRESS

※ 本文故事是虚构但关于数学历史相关的记述大体是基于事实。

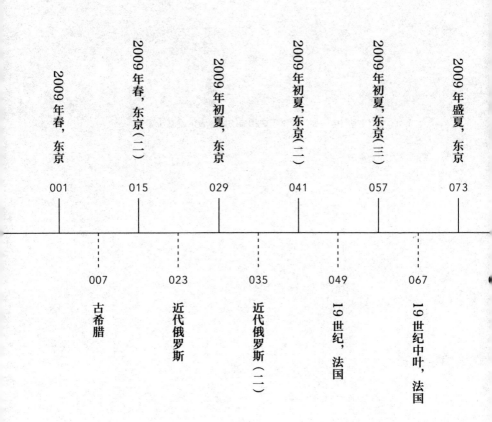

2009 年春，东京
001

2009 年春，东京（二）
015

2009 年初夏，东京
029

2009 年初夏，东京（二）
041

2009 年初夏，东京（三）
057

2009 年盛夏，东京
073

007
古希腊

023
近代俄罗斯

035
近代俄罗斯（二）

049
19 世纪，法国

067
19 世纪中叶，法国

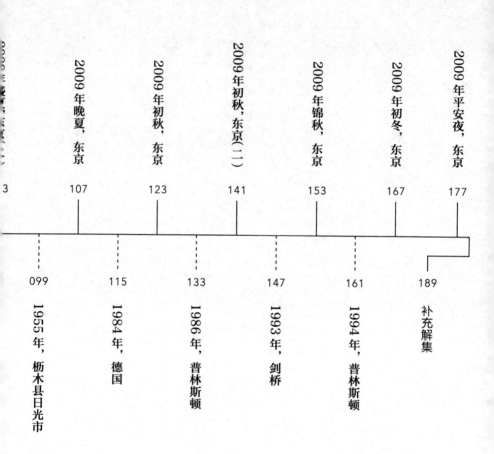

2009 年春，东京

"哎，你认真的吗？又做这又做那的，肯定不行的。"

在喧闹的 JR 涩谷车站^① 前，香织一边小跑着穿过交叉路口，一边大声对我说道。虽然知道香织大概会这样说，但我还是希望能得到她的支持。

"不，我是认真的，总算找对感觉了。"

信号灯已经在闪烁，刚走到马路中间的我们只好加快了步伐。穿着高跟鞋的香织已超过了我。

"那，为什么选数学呢？你什么时候也对理科感兴趣了？"

在涩谷 109 百货前，香织转头向我问道。

"没什么，就是突然觉得很有趣罢了。"

"那工作呢？"

"继续啊。"

"那边呢？"

所谓的"那边"指的是兼职的事。

"那边也会继续的。辞职的话，生活就难以为继了。"

"不行，不行！那你还打算睡觉吗？我说你啊，身体就一个，一天也就 24 小时，好奇心再怎么旺盛，也要知道适可而止吧。那……我就先回去啦。"

---

① JR 涩谷车站，位于日本东京都涩谷区的一个主要铁路车站。

我叫河西胜仁，27岁。

虽然河西读作"KASAIKATSUHITO"，但自小外号就是"KANII"[①]。最开始是被小学老师错叫成"KANISHI"，后来在朋友们的玩笑中这个外号就传了开来。

现在我在涩谷的书店工作。虽没被录取为正式员工，但好歹成了能"自由打工"的合同工。不过，只靠这份工作无法维持生活，因此，我只好每周在居酒屋做两三天的兼职。家对我来说只是个用来睡觉的地方，但目前的生活给予了我很大的满足感。

刚才的香织就是那家居酒屋的常客。虽有165厘米的身高，但她总穿着7厘米以上的高跟鞋，就像她说的"鞋跟太低，气场也会变弱"一样。束起及腰的长发，穿着西装西裤的香织，完全就是个女强人的模样。爱看书的我，和在出版社工作的香织聊了很多关于书的话题后，关系逐渐亲密起来。不过，现在说起来有些不好意思，初遇时，她那典型的职业女性形象让我一度觉得会跟她"合不来"。

公司位于涩谷的香织，偶尔来请我吃午饭。出版社员工的休息时间好像比较自由，她每次都配合着从事服务行业的我。今天在和她一起吃午饭时，我对她说道："最近，读了本很有趣的数学方面的书，深有感触，想要试着认真学习数学，要是能重新回到学校就好了啊。"

[①] 后文中会译作"小河"。

不出所料，我又被香织责备了。确实，一边工作一边兼职，还要学习，是不现实的吧。

"香织小姐，刚才多谢了，我心中有数，会认真考虑，明天还来店里的话，我再和你细说原因吧。那么，工作加油哦——小河。"

"我也该回店里了。"边想着我边将手机装进破旧的牛仔裤口袋里，快步走入涩谷街头。

今晚没有兼职，忙完一天的工作后我就径直回家了。

太阳还未下山。我拿出一本从工作的店里买来的书，读完后，掩卷沉思片刻，然后便渐渐进梦乡。从孩童时期起就一直如此，每一次读完书后的梦境一定会与那本书有着某种关联。

古希腊

"我发现了！我发现了！"

"啊！阿基米德先生，危险！"

我使劲喊着，但阿基米德仿佛没听见一般。

"啊！喂！别踩沙子！快停下！别来这边！我说了，快停下！你这小子，还不停下！"

"吵死了，你这臭老头！"

"嚓——"

"啊啊啊——"

阿基米德，被杀害了。

在公元前一个烈日炎炎的下午，得知罗马军队已攻入城内的消息，锡拉库萨①的市民们纷纷四处逃窜。只有阿基米德在沙子上痴迷地写着数学公式。在纷扬的尘土中，不为所动，甚至完全没有察觉到有人在靠近。

"士兵先生，怎么可以这样？请把阿基米德先生还给我们！不然，科学要如何继续发展呢？"

我很想揪住他的衣襟，但因体格差距而不得不放弃这个念头，

---

① 意大利西西里岛上的一座城市，又译叙拉古，位于西西里岛的东岸，公元前734年由希腊城邦科林斯移民所建。在第二次布匿战争（公元前218—前201年）中，曾抵抗罗马侵略，公元前212年为罗马所灭。

只能用力抓起一把沙子反抗似地掷在士兵的脚下。士兵不解地说道：

"不就是个老头子吗？"

"一个普通的老头子能做出这些？"

"他刚才在做些什么？"

"他正在解数学难题。而且，说不定，一个伟大的发现正悄然来临呢。"

士兵的神情突然变得僵硬，战战兢兢地用一副试探的神情向我问道："难不成那个老头的名字是……阿基米德？"

"是的，他就是阿基米德先生，我刚才不是一直在说嘛！"

"完了，要被将军骂了！"

我向脸色发青的士兵一个劲儿地说道："真是罪恶至极！就是因为你，希腊的科学时代要结束了。不，不止希腊呢，这可是世纪的大损失！"

"糟了，之前被严厉地吩咐过，绝不能杀害阿基米德。那个，有没有什么我能帮忙的呢？"

士兵先生高大的身躯颤抖着，十分惶恐的样子，于是我拜托他帮忙一起为阿基米德建座坟墓。实际上，阿基米德十分满意自己关于"圆柱内的内切球与圆柱的体积之比是 2:3"的发现，甚至到了想要将它刻在自己墓碑上的地步。

"明白了，如果可以的话我来做吧。"

于是，我和士兵先生为了实现阿基米德的心愿，决定将这个发现刻在墓碑上。

"画圆柱倒是没问题，但要画正圆形就有点……"

"21 世纪倒是有圆规这种便利的东西呢。"

"圆？很不错啊。"

恢复冷静的士兵先生竟然是个幽默的人。

"不对，是圆规！"

"那是什么东西？"

"一种以轴足为中心旋转的便利文具。"

"文具？是护具的一种吗？那用我的铠甲不行吗？"

"呃，您这是冷笑话吧！或者，有绳和棒子就行，您帮我找找，可以吗？"

"明白！"

士兵先生好像对科学也很感兴趣似的，为了正确地画出柱体和圆形想方设法地帮忙搜集所需的工具。我们一边做墓碑，一边饶有兴致地谈论起数学。

"那个……小河先生，阿基米德先生是怎样发现'圆柱内切球与圆柱的体积之比是 2:3'的？"

"听说是洗澡时得到了灵感。"

"洗澡？"

"是的。在进入盛满水的浴缸时，水会溢出来，对吧？那么将自己整个浸泡在浴缸里时，溢出来的水不就和自己的体积一样了嘛。"

士兵先生停下手上的动作睁大了眼睛，抬起头点了点。

"原来如此，向装满水的圆柱内放入球，然后将溢出前后的水量相减得出球的体积。太厉害了！"

"其实这样的方法是不太准确的，不过正确的算法是在这一提示下计算出来的结论①。还有，士兵先生，不要说'球'，请说球体。"

在现代，按照积分学理论，半径为 r 的球的体积是 $4/3\pi r^3$，底面圆的半径为 r，高度为 2r，圆柱的体积是底面积乘高。也就是说，我们能得出 $\pi r^2\times 2r=2\pi r^3$ 这一理论，的确是 2:3 的结论。这样的结论在 2200 多年前就被发现了，我们的祖先是多么伟大啊！

虽说被称作"数学"的学问起源于古希腊，但在比阿基米德和欧几里得的发现更早的 300 年前，已经存在着各种各样的发现。比如，泰勒斯通过测量日影的长度求出了金字塔的高度，毕达哥拉斯发现直角三角形斜边长的平方等于其另外两边长平方之和，类似"勾股定理"之类的发现早已众所周知。

但是，那个时代数学的用途仅限于算术和测量，被重视的是"实用性"，而不是追求根源的理论性知识。直到欧几里得和阿基米德的时代，人们才开始探究理论的意义，为先人们遗留下的发现建构理论框架，数学的知识也在不断积累。

---

① 前文中通过溢出水的体积测球体体积的方法并不准确，最后阿基米德是通过力矩法测出球体的准确体积。

"古希腊更早之前是什么样的呢？"

"古巴比伦和古埃及时代，那时候也有很多关于数学的伟大发现呢。"

"比如说呢？"

"使用分数的技巧，也很厉害的。"

想必是当时的生活中有很多东西需要和大家一起分享，这时候能派上用场的实用性算数就逐渐发展起来了。

"原来如此，所以分数才发展得如此迅速。"

在现代社会，能用上分数的机会并不是很多。充其量也就是在算术和数学考试时使用已掌握的通分的方法。可以说，古希腊人掌握的分数的计算技巧，甚至超过了当代高中生和大学生。

"士兵先生，如果想要将 7 除以 16 该怎样算呢？"

"这个嘛……"

如果问 21 世纪的高中生，不，即使是在大学学习数学的人，恐怕大部分人会回答成 7/16=0.4375 吧。士兵先生也是一副茫然无解的样子。

"这个答案应该怎么解呢？"

"7 个东西能分给 16 个人吗？"

士兵先生满脸困惑，不解地摇摇头。

古埃及人知道一个巧妙的计算方法。在计算时，将其分解成分子为 1 的分数后求和。如下所示：

7/16=1/4+1/8+1/16

据说就是像这样，为了分解各种各样的分数才产生了现代社会中类似九九乘法表的"分数表"。

太阳落在地平线上，从低处照射着阿基米德的墓碑，将影子拉长至我们的脚边。我一边看着灿烂的夕阳，一边稍作休息。士兵先生却不知不觉地在墓碑旁的沙子上开始计算起来。

"沙沙沙沙——"突然之间，比士兵先生还要高大严肃的巨人们冲到了我们身边。应该是士兵先生杀死阿基米德的事情传到了将军那里，所以派来许多手下。

没过一会儿，传来了巨大的声音。

"你这蠢货！"

"对、对不起，请原谅——啊——不——"

"嚓——"

"啊——士兵先生！"

是梦啊。

我透过窗帘看向晨光熹微的天空，应该是早上 6 点钟左右。手心湿答答的，像捏着一把汗。

"今天是早班来着吧？"

和公元前的"时差"好像还没有倒不过来，我在被窝里磨磨蹭蹭地想将手伸向枕边扣着的书时，闹钟响了。

"果然是早班啊，必须要起来了。"

↓

2009 年春，东京（二）

"你有听说过阿基米德这个人吧？"

"也只是听过名字而已。"

东京的夜晚还带有丝丝凉意。香织从包里掏出围巾，随意地围在脖子上取暖，不过喝的却仍是冰啤酒。真不愧像她说过的那样，即使是在飘雪的日子，她的首选仍是冰啤酒。

"公元前 287 年，阿基米德出生于地中海的西西里岛锡拉库萨市。他受当天文学家父亲的影响而一直努力学习，发现了广为人知的力学的基础法则。"

"力学的基础法则是什么来着？"

"比如杠杆原理、阿基米德定律等。"

"哎，杠杆原理原来在 2000 年以前就有了啊。"

香织给我演示，把筷子搁在筷枕上，将毛豆壳放在筷子手柄的一端，就如杠杆原理所示，另一端翘了起来。

"可是……他被罗马士兵杀害了。罗马的将军明明和手下交代过绝不能杀了阿基米德，但士兵并不知道在沙子上着迷地写着公式的老头子是谁，不小心刺死了他。"

在黄金周的某一天，香织仍要照常上班。"出版界和连休、盂兰盆节好像是完全不沾边的！"她一边抱怨着一边将啤酒一饮而尽。

"河西，再来一杯生榨的西柚鸡尾酒！"

"好的，吧台的芝田先生要一杯生榨西柚。"

在书籍批发店工作的芝田先生今天好像也上班了。白天在书店的工作承蒙他的关照。最近晚上他也常来这边，今天也不例外，和形形色色的美女结伴而来。好像编辑部的香织和芝田没有直接接触过，但他俩发表着对"夕阳产业"的不满，谈话非常投机。

"芝田先生，很抱歉，我们马上要打烊了，还有什么需要的吗？"

"今天就到这吧，香织好像在等你下班呢，河西你也快收拾收拾吧。"

"哎呀，芝田先生，你说的都是什么呀！"

香织清脆的声音在客人渐渐散去的店里显得格外响亮。

早起再加上书店和居酒屋的忙碌工作，因睡眠不足而早已筋疲力尽的我和香织一起前往常去的酒吧。这是一家背景音乐只播放松任谷由实[①]歌曲的清吧。虽已经是凌晨1点，店里仍坐满了人。午饭吃得迟，到现在又什么都还没吃，可偏偏这个时候我点的招牌咖喱饭仍然迟迟未上。

"昨天短信里的'感动的话'，指的就是阿基米德的故事吗？"

"那个啊，我的研究课题是费马最终定理，阿基米德的故事只是它的序章。"

"研究课题？弄得你像个专家一样。"

---

① 松任谷由实：旧名荒井由实（1954—），日本著名女歌手，代表作品包括《仲夏夜之梦》《宇宙图书馆》等。

香织取下脖子上的围巾，吃惊地看着我。

"总感觉是个让人摸不着头脑的东西，跟我不在同一个世界一样呢。"

虽然香织嘴上这样说，但我想她并不是真的这么认为。

"实际上，费马最终定理挺简单的。确切来说定理本身表达的内容是简单的。"

"那到底是怎样啊？"

就等着她问我似的，我快速地伸展了一下上半身，逐字逐句地给她解释道："费马最终定理是当整数 n>2 时，关于 x，y，z 的方程式 $x^n+y^n=z^n$ 没有正整数解。"

"听上去，好像挺简单的。"

"的确。"

香织抬起头闭上眼睛，眉头紧锁。

"那个……"

"什么？"

"自然数是什么来着？"

"噗，香织，你不是吧？就是非负的整数啊！比如 1、2、3 等。"

对于自然数方面的知识，我也是最近才重新拾起来，这个自然没有和香织说起。

"那么，和那个定理又有什么关联？"

"证明它可花费了三个半世纪的时间呢。让世界上的几百位数学家都苦思冥想的问题，365 年间却一直没能被证明出来。"

"这、这需要花三个半世纪？"

目瞪口呆的香织将满满一杯鸡尾酒一饮而尽。

"不可思议吧？"

"话说，这是什么时候的事啊？这么点问题，我要是学了数学也能解开呢！"

"就是最近的事，在 20 世纪末才被证明出来。"

香织一边不屑地说着数学家们可能是智商有限，一边将杯子举高示意酒吧老板再来一杯。

"是在说费马最终定理吗？"老板一边举着香织喜爱的鸡尾酒一边问道。

"老板您也知道吗？"

笑而不语的老板被别的客人叫了过去。老板知道这个定理让我有点意外。

"那、那些数学家花了 300 多年时间一直在算费马的定理吗？"

"很多人挑战，但屡战屡败。"

"也就是说历代数学家是接力来证明的？"

"嗯，可以这么说，但也不完全是这样。这个过程伴随着新理论的不断出现，直到最后找到了能证明这个定理的方法。"

这真是个完美的解释，我在心里自卖自夸地想着。

"唉，扯得也太远了吧？"

"但听起来很有趣，不是吗？"

"所以，也就是说这个定理已经被证明出来了，那你还有什么可研究的？"

香织戳到了我的痛处。确实如此，事到如今我还来研究它，好像已经没什么意义了。

"我只要能回顾它的证明历程就已经很满足了，那是高不可攀的，嗯，就像香织你一样。"

香织用手巾轻打了一下我的头，略带欣喜地说："你喝醉了吗？真是听不懂你在说些什么！"

"比起研究新的事物，我还是想仔细了解一下解开这个定理的历史过程，俯瞰从近代开始发展的现代数学。"

"尽说些了不起的话呢！"侃大山与喝酒的速度成正比，我们不知不觉间已经完全喝醉了。但我还是设法将香织送回去，然后才拖着疲惫的身体回了家。明天也，不，应该说是今天也要继续工作。

我想要接着昨天的部分继续往下读，便从包里拿出了书，但没看几页就不知不觉合衣倒在沙发上睡了过去。

近代俄罗斯

"嘿，小河先生。"

好像听到有熟悉的声音在喊我。

"啊！这不是士兵先生吗？好久不见，你这是怎么了？还装模作样地戴着帽子？"上次梦境里的那个罗马士兵，如今魁梧的上半身披着一件黑色的夹克衫，打着细长的领带，戴着眼镜和帽子，还留着和作曲家一样的发型。

"哎？这是 18 世纪？"

"好久不见啊，小河先生。"

"士兵先生，哪里是'好久不见'，都过了 1900 年了呢！"

"是啊，我现在的名字是欧拉①，嘿！"

"呃，欧拉？你所说的欧拉是指那位大数学家吗？你可真是天才转世啊！"

现在已是 18 世纪中期。

距离罗马士兵和阿基米德被杀，大约又过了 1900 年。这段时期是数学发展的"黑暗世纪"，是因为数学在阿基米德和更早时期的欧几里得等希腊天才数学家奠定基础后，发展就止步不前了。

公元 395 年罗马帝国东西分裂。虽然公元 480 年西罗马帝国灭亡，

---

① 欧拉：莱昂哈德·欧拉（Leonhard Euler，1707—1783），瑞士数学家、自然科学家。出生于瑞士的巴塞尔，在俄国圣彼得堡去世。

但东罗马帝国自此之后还存续了将近 1000 年。正是由于西罗马帝国的灭亡，才进入了中世纪。经过十字军时代，然后推移到了文艺复兴时期。作为文艺复兴的代表人物，列奥纳多·迪·塞尔·皮耶罗·达·芬奇，不仅是伟大的艺术家，还是数学家和工程师。文艺复兴时期文化发展的最大特征是艺术和科学相辅相成，整个社会都得到了飞跃性的发展。

在数学领域，古埃及和古希腊的数学在文艺复兴时期都得到了"重新审视"。在牛顿和莱布尼茨两位伟大的科学家诞生之前，相继出现了论证"日心说"的伽利略，发现"关于行星运动的三大定律"[①]的开普勒，发现"解析几何学"（平面坐标）的笛卡儿和发现"三角形内角和是 180 度"的帕斯卡等伟大的科学家们。其中，开普勒的发现为牛顿"万有引力"的发现开辟了道路。

在这些伟大的科学家当中，也包括提出费马最终定理的费马。

"小河先生，小河先生！"

突然，欧拉一边抱着一本厚重的书一边摇晃着身体兴奋地跑到了我面前来。

"怎么了？"

---

① 又称"开普勒定律"。

"我稍微扩充了一下已被莱布尼茨证明的'费马的小定理'[①]，让它变得一般化，可能与最后定理的阐明更加接近了。"

"欧拉先生，这是真的吗？太厉害了！"

"你也知道费马最终定理吗？"

"是的，当然！明明是非常简单的内容，至今却尚未被证明啊！

"是啊，看起来是个简单的问题，却让大家很苦恼。但我一定能解开这个谜，所以交给我吧。"

$x^n+y^n=z^n$，当整数 n>2 时，关于 x，y，z 的方程式没有正整数解。这就是费马最终定理。

仔细思索一下，如果 n 等于 2，就与公元前毕达哥拉斯的"三平方定理"别无二致。而欧拉证明出来的是当 n 等于 3 的情形。但令人惊讶的是，仅仅把 n 换成大于 3 的数，却是过了近 1900 年才好不容易被提及。即使数学高速发展，仍需 365 年才千辛万苦被证明出来的难题，"黑暗世纪"期间没能被证明出来也是理所当然的事情。

所谓的"小定理"，是费马提出最后定理之前提出的，但欧拉证明了该定理的扩充命题，后来被称为欧拉定理。

"很厉害啊！欧拉先生！"

[①] 费马小定理（Fermat's little theorem）：是数论中的一个重要定理，费马 1636 年提出，其内容为：假如 a 是整数，p 是质数，且 a、p 互质（即两者只有一个公约数 1），那么 a 的（p-1）次方除以 p 的余数恒等于 1。莱布尼茨 1683 年第一次论证。

"花了 7 年的时间！但最后定理的证明还是任重道远啊！"坐在在纸上写了很多数学公式拼命计算的欧拉身旁，我也开始算了起来。

"啊 ——不行！不行了！计算器！没有计算器吗？欧拉先生！"

睁开睡眼，左手的大拇指夹在了手机翻盖间。已是 8 点半了。今天虽是晚班但差不多也该起来了。昨晚回来已是 3 点以后，所以睡眠不足。于是我拖着沉重的身体从沙发上起来了。

"哎呀呀——疼——"

酸痛的感觉在头部和腰部蔓延着。

从今天开始，要连续上 4 天白班、3 天晚班。我一边羡慕嫉妒着正在休假的香织和芝田，一边带着些许郁闷的心情开始做准备了。

2009 年初夏，东京

连休一结束，香织第一时间就来到了居酒屋。

原本以为，她长假后重新工作肯定会感到很疲惫，但出乎我意料的是并非如此。她白天去上班，下班后来这里喝东西，好像回到这种忙碌生活的她反而更加乐在其中。

"怎么样了？对费马最终定理的研究有进展了吗？"香织问道。

我迫不及待地开始说道："太不可思议了，费马最终定理让世界上的数学家们苦恼了 360 多年，然而费马却根本不是数学专家而是一名从事法律相关工作的人。"

"真的吗？那我是不是也可以发表'香织定理'了……"

"哈哈，话虽如此，但据说费马在自然科学领域也非常具有天分。"

"这样啊，那就泡汤了。"

"据说创立了'确率论'的帕斯卡和发明了'微积分学'的牛顿好像都从费马那里得到了灵感。"

"看来你真的学习了，我还以为你会马上就放弃呢，真是让人刮目相看呀。"

瓢泼似的大雨伴着雷鸣，今天的涩谷人影稀少。吧台上只有香织和正在休业的由实酒吧的老板，居酒屋的店主到附近经常去的地方喝酒去了。

"但是，这个费马吧啦吧啦地就说出与数学相关的想法好是好，可他自己不去证明，只是说'应该就是这样了，接下来就拜托各位专家证明了'？"

"这真是让人讨厌啊。"

"啊，哈哈，我就猜你会这么想。但他的话不仅没有错，而且对科学的发展很有价值，所以数学家们都不敢无视。比如说，那个定理，他在空白处留下这样的笔记：'**我确信已发现一种美妙的证法，可惜这里空白的地方太小，写不下**'。"

"真让人受不了啊。"

香织把空啤酒杯"咚"的一下放在了吧台上。

"的确，留下那个笔记之后，费马还活了好几年呢。"由实酒吧的老板插话道。

说起来，之前就察觉到他对费马最终定理有所了解，但我和香织都把这件事情忘得一干二净。

"对对对，听起来，老板您对这段历史也很了解呢。"

"其实吧……我大学学的是自然科学。"

"没想到啊！一直觉得老板您有种艺术气息呢！"

在老板的店里一直听他谈的都是有关音乐和书的话题，没想到他说他是理科生，我感到有些惊讶。

在写下笔记之后费马又活了 28 年。所以，如果费马真的能够证明那个猜想的话，自己证明即可，可他没有那么做。从这一点来看，他说自己能够证明也许是在撒谎，退一万步来说，也许说自己能证明可能只是他的一种错觉。

"从结果来看，证明出那个猜想人类花了 360 多年，总觉得当时费马说自己能够证明，实在让人难以相信呀。"

酒吧老板冷静的分析听上去很有说服力。

"原来如此，但这么简单的猜想为什么就没能被证明呢？"香织提到了本质性的问题。

如果能用一句话来解释，那积累了三个半世纪的历史"厚重感"也就毫无意义了。

"那是因为……太完美了！简单而又美丽的东西，反而不知道从哪里开始着手，所以才久久不能攻克下来。"

香织突然笑了起来。

"你在耍什么酷啊？啊，说的不会是我吧？"

一瞬间，不知所措的我和由实酒吧的老板面面相觑。老板一口喝干了啤酒，我默默地撤回了他的空杯子。

"哎呀，你们怎么这样？"

此时，全身湿透的店主回来了。

"真是的！雨太大了，今天就到此结束吧！老板、香织，不好意思啊，今天就早点结束吧？"

"没关系，那我就回店里去了。"

由实老板匆匆结了账。

"香织、河西，我可以乘出租车绕道，要不把你们顺路一起带回去吧。"

"啊，不，我没关系，我可以自己回去。"

本来打算要去由实老板的店里，香织因此想婉拒居酒屋店主的顺风车，可店主却说道："好啦，好啦，就不要客气了。香织，你稍微等一下，河西，你快去换衣服吧。"

"啊，好、好。"

"说什么自己明天休息，所以去由实老板那里，是谁说的啊？"

看见店主走进更衣室，香织有些发牢骚道。

"香织，抱歉！但这种时候还是和大家一起比较好。"

我小声地说着，香织勉勉强强地同意了。最终，店主、我和香织依次坐上了出租车，又按照与上车时相反的顺序下了车。刚到家就收到了香织的短信。

"唉，没有尽兴啊！"

"那明天再去喝个痛快吧！"

意料之外地提前回到了家，加上明天休息，我想加紧"追赶"欧拉的工作……

近代俄罗斯（二）

欧拉在弄清费马最终定理的过程中，发现了一些重要的东西。

费马在世期间，就已经证明了当 n 等于 4 时是符合此定理的，在此基础上可进一步推论，当 n 等于 4 的倍数时，自然也是正确的。

"小河先生，是这样的吧？"

"啊，的确是这样的。也就是说……"

"就是说只要把 n 是质数的情况证明出来即可。"

这个发现是个巨大的进步。

"但质数有无限个，即使挨个去计算，也是永远算不完的。"

"说的也是啊。"

"总之先从 3 开始着手吧！"

费马提出这个定理大约 100 年后，在欧拉的不懈努力之下，证明了当 n 等于 3 时费马最终定理是正确的。正如欧拉所说，当 n 等于 3 和 4 时是正确的，那么 n 等于 3 和 4 的倍数的情况自然也能够被证明。受此激励的欧拉，决心完成此项证明，却不曾想因高强度的计算工作而双目失明。

"失去一只眼睛也没什么，反而更能专注于数学的研究，但完全看不见，还真是不行啊！"

"欧拉先生，不要这样丧气。我们一起努力吧！让我来做你的双眼！"

但是，处于高龄的欧拉还是没办法战胜困难。

"小河先生。"

"嗯，欧拉先生。"

"我想是时候离开了。"

"欧拉先生！"

"承蒙你的照顾，我在天堂也会继续计算，请将纸和铅笔一起放入棺材里。下一次的相见也不知何时何地了……小河先生，再见！"

"欧拉先生！"

欧拉在停止计算的同时，人生也画上了句号，永远长眠了。

欧拉长眠于 1783 年，法国大革命爆发前夕。

接下来，再说一说与欧拉相关的故事吧。

精力充沛的欧拉生前完成了 900 多篇论文和书籍，包括数学、物理学、天文学、工学……涉足领域广博。在他逝世 100 年之后，《欧拉全集》（*Leonhard Euleri Opera Omnia*）才被刊登出来。此外，从他的个人日记和与朋友的来信中不难看出，欧拉是一个乐于与人交流分享思想的人。每当在学术上有了奇思妙想，他会立刻用口述或文字的方式记录下来与大家讨论。

即使像欧拉这样的人，有时也会犯些令人吃惊的低级错误。例如，在给哥德巴赫的信中，他认为 (n^2+n+41) 这个公式计算得出的结果都是质数。当 n 小于等于 39 时，确实如此。而 (n^2+n+41) 又可以转换成 $n(n+1)+41$，此时不用计算也一目了然，当 n 等于 40，很遗憾，不能得出质数（因为结果一定是可以被 41 整除的）。

虽说欧拉有时会犯迷糊，但他的计算速度和准确性还是让人惊叹不已的。在没有计算器和电脑的时代，非一朝一夕能完成的计算，他单靠手算也能完成得完美至极。

例如，"亲和数"的发现。所谓的"亲和数"，是指除自身之外的约数之和恰好等于对方的一对数字。最小的一对亲和数是 220 和 284。220 的约数是 1、2、4、5、10、11、20、22、44、55、110，这些数字的和刚好等于 284。单从 284 来看，虽然看起来约数很多，但其实只有 1、2、4、71、142 这几个数，它们的和确实是 220。

发现这对亲和数的是希腊人。后来，费马又发现了 17296 和 18416 这一对数值更大的亲和数。但令人叹为观止的是，在他之后，欧拉一人之力接连发现了 59 对。在没有电脑的情况下到底是怎么找到的，仍然是个谜，或许是夜以继日地不停计算出的吧。这么说来，双目失明倒也就不难想见了。

2009 年初夏，东京（二）

一个穿着西装西裤，束起长发的熟悉背影出现在我的视线里。

"这不是香织吗？"

"嗨，你怎么在这儿？"

"什么叫我怎么在这儿？这是我工作的地方啊！"

一贯冷静的香织，此时好像显得很慌张。

"你不是说今天休息吗？"

"兼职的人突然请假了，所以才叫我过来的。倒是香织你，来这里干什么？"

香织在出版社工作，因工作需要经常过来买书。但很少来买我负责的自然科学方面的书籍，所以之前从没有在卖场碰到过。

"那个，我来找点书。倒是你，怎么对来书店的客人说'你来干什么'？"

"哈哈，对不起，客人。您要买什么样的书？我来帮您找。"

我像对待公主殿下那般，绅士地向香织伸出了手。

"算了吧，话说，今天你几点去吃午饭啊？"

"昨天值晚班了，刚刚才过来，所以还早呢，估计下午3点半吧。"

"这样啊，那我先回去了。"

我看着香织转身快速离开的背影，心想："到底是来找什么的呢？"

"你女朋友？"

"啊！店长！"

突然，一个低沉的声音向我靠近，把我吓了一跳。

"你可要认真地回答客人的咨询！她可是什么都没买就走了呀！"

店长抿着嘴笑着说道。

"对、对不起……"

店长嘴上叮嘱着下次要注意，脸上却依然露出淡淡的笑意。

"所以说，那个是你女朋友吧？"

"不、不是的，她是我晚上兼职地方的客人。"

"不过，她倒是来问过我'数学书籍的专柜在哪里'呢。"

"哦，是吗？"

难道香织也对数学感兴趣？怎么可能？或许是因为工作偶尔需要数学类的书籍吧，应该是这样的。

我给香织发了一条短信："香织小姐，刚才没能给你介绍你要找的书，真是不好意思。3点半的时候要不要去咖啡店简单地吃点东西啊？方便的话一起去吧——小河。"

离休息时间还有两个半小时，但总感觉时间非常漫长。

"在一个叫欧拉的天才数学家的努力下，沉睡了100年的费马最终定理在被证明的征途上又前进了一步。"

"噢。"

"但事实上，如果把n当成一个一个的数来计算，永远都算不完。在当时的情况下，对如何进一步解决这个猜想似乎毫无头绪。"

"噢。"

香织一边用吸管搅拌着冰咖啡，一边听我说。今天的她显得格外沉默。

昨晚，我一口气读完了一本记载着欧拉生涯及其研究的书。虽然对于物理和数学的很多专业性的内容我还无法理解，但我觉得他对西洋象棋的数学的探索①以及与音乐理论的研究②都非常有趣。欧拉极其广泛的兴趣和他面对目标时的目注心凝，都让我十分钦佩。

我也了解到他与另一位伟大的数学家——哥德巴赫③之间往来的书信，也成为他灵感和生命力的来源。

"有句话说'伟人总有益友伴'，对吧？既是竞争对手，又是好朋友的那种。如果我去了学校也能交到那样的益友吗？"

"我，可以吗？"

我吃惊地张着嘴，目不转睛地盯着香织极其认真的表情，没能说出话。

"开玩笑的，怎么可能！我对数学又不了解。"香织突然一改

---

① 比如骑士遍历问题——是否可以连续移动一个骑士，使得它经过棋盘上每个格子恰好一次，最后回到初始格子？欧拉是第一批系统地分析这个问题的人，但仍有一些相关问题至今还是开放的。

② 1739 年，欧拉写下了《音乐新理论的尝试》（*Tentamennovae Theoriae Musicae*），书中试图把数学和音乐结合起来。

③ 哥德巴赫：克里斯蒂安·哥德巴赫（Christian Goldbach，1690—1764），德国数学家，提出著名的哥德巴赫猜想。

认真的表情，吐着舌头，立马换了一副轻松的表情说道。

"没有啊，你怎么可能不行？"

我刚想开口说："你果然是来找数学书的啊！"香织突然制止我似的说道："说了是开玩笑的嘛！"说完便再次低下头看着冰咖啡。

"反正我就是不行了，数学方面我又不感兴趣。你最近总是聊些数学的话题，实在太无聊了！聊点音乐呀、书呀、电影的话题不是比数学有趣多了！"

看起来香织好像在生气，我的内心涌起一丝歉意，又想起了上午在卖场书店里发生的事情。

"那个，香织……"

"什么？"

"没、没什么……"

到了晚上，工作结束后，我来到了由实酒吧。透过玻璃窗能看到香织跟老板在吧台边说着话。正犹豫着要不要进去，突然闻到从换气扇飘来的诱人的咖喱香味，我禁不住诱惑打开了门。

"那样会被发现的！"

传来老板洪亮的声音，我一瞬间停住了脚步。

"但是，当时我真的表现出了不开心的样子。他应该……哎，我做得有点过分了吧……"

断断续续地传来香织的声音，我"哗啦"一下把门关上了。

"嘿！小河！欢迎光临！香织早就在等你了，正在聊你呢。"

　　难道老板不知道我和香织并不是事先约好的吗？我觉得有点尴尬，但当香织把她放在旁边座位上的包拿起来放到对面的座位上后，我也就顺势坐下了。

　　"真稀奇啊！你居然一个人来这里。"

　　第一次带香织来这里的人是我。之后我们也一起来过好几次，虽然她一个人出现在这里没什么奇怪的，只是今天，总感觉有点怪怪的。

　　"小河，啤酒？"

　　"嗯，对，再来份咖喱饭，多谢。"

　　"我说小河啊，你最近是不是有点废寝忘食了啊，香织可是很担心你呢！"

　　老板刚说完，香织就向他投去了一个有些嗔怪的眼神，起身去了洗手间。她像是有点儿醉了。老板在我耳边小声说道："听说香织今天去你那里找数学书啦？"

　　"啊，嗯嗯，好像是的……"

　　"什么叫好像？"

　　"可是她见到我什么都没买就走了。"

　　"哈哈，真逗，果然是香织的风格。"

　　老板脸上挂着微妙的笑容。

　　"香织说什么了吗？"

　　"她说，想和你聊一些费马的话题，可是太难了，她很苦恼。"

果然是这样。"然后呢？"我催着老板继续往下说。

"嗯，然后……"

这个时候香织从洗手间出来了，老板结束了那个话题。此时，松任谷由实《一点点单恋》的歌声打破了这片刻的沉默。

"香织。"

"嗯？"

"费马的书，你还没找到吧？"

"费马？啊？什么？我才没有找那本书呢！"

像恶作剧被发现了的孩子一样，香织和着背景音乐，哼着副歌，企图把这个场面糊弄了过去。

吃完咖喱饭恢复了精神的我和昨天说还没喝够的香织久违地聊着有关音乐和电影的话题。不知不觉中时间已经过去了，等我突然注意到的时候，店里已经人头攒动了。有些微醉的香织把右手无力地搭在吧台上，头枕在上手臂上，手指一边搅动着罗克玻璃杯里的冰块，一边向老板招手。

"那个，刚才的歌曲，再放一遍呗。'一点点的单恋……more than you……'。"

这个晚上喝得很尽兴，我心中想着，如果香织想看和费马最终定理相关的书，或许可以从我现在在读的这本开始。我拿着这两个月让我备受感动的书继续读起来，不知不觉间又一次进入了梦乡……

19 世纪，法国

"哎，说我的美貌会影响学问……"

在当今社会，别说男女平等，可以说早已是一个女性"发光发热"的时代，但在 200 年前并非如此。

在欧拉逝世后的一段时间，有关费马最终定理的研究一直停滞不前，而出生于法国一个富裕家庭的苏菲·姬曼①却翻开了它的下一个篇章。没错，苏菲是位女性。在当时，女性埋头于学问是禁忌之事。苏菲的父母对她的数学天赋并没有感到欣喜，为了让她无法学习，甚至拿走了她房间里取暖和照明的工具。

"阿基米德先生对数学痴迷到连士兵攻打过来都没注意到，是吧？"

"是的，阿基米德先生就是在我眼前被……"

在一眼望去满是昂贵家具的苏菲的房间里，我说起了阿基米德的一生。

"唉，真是个悲剧啊！那你怎么没有帮助阿基米德先生呢？"

"那是一瞬间发生的……对不起。但杀死阿基米德先生的士兵也并不是什么穷凶极恶之徒呢，他对错杀阿基米德深感愧疚，还帮我一起为阿基米德先生建了座坟墓。您知道的吧，就是把球的体积

---

① 苏菲·姬曼（Marie-Sophie Germain，1776—1831）：法国女数学家。她在数学和物理领域都有突出贡献。为了纪念苏菲·姬曼对数论的贡献，现在将 p 与 2p+1 都是素数的数称为"苏菲·姬曼质数"。

和圆柱的体积之比刻在墓碑上的事。可就在做墓碑时，罗马将军的手下找到了我们，杀掉了那个士兵。"

苏菲忍受着痛苦般闭上双眼，轻轻地摇了摇头。

"后来，那个士兵先生在 1900 年后转世成了欧拉。"

"然后又和你重逢了是吧？"

不愧是天才少女，一点就通。

"虽然我也帮忙论证费马最终定理，但问题还没解开欧拉先生便去世了。"

"不过，欧拉先生已经非常伟大了，又证明出了 n 等于 3 时定理成立。接下来只要再证明出 n 等于质数的情况就可以了呢。"

"果然如此，对了，苏菲你也在学习数学，对吧？"

"嘘——不能说出来！这是秘密！"

巴黎的学校严禁女生进入，可苏菲竟然用男性的名字潜了进去。

某一次，拉格朗日① 在收到苏菲的研究报告后，称赞道："这篇报告太棒了！"并让这名"男学生"来自己办公室。苏菲却苦恼着，如果去了身份就会被识破。

"苏菲小姐，拉格朗日老师都认可你了，你可要把握住机会，只能碰碰运气了，去吧！"

---

① 拉格朗日：即约瑟夫·路易斯·拉格朗日（Joseph-Louis Lagrange，1736—1813），法国著名数学家、物理学家。

苏菲战战兢兢地推开了拉格朗日的房门。拉格朗日想象着苏菲一定是个"优秀男学生"的形象，可看到苏菲后大为震惊。可他不愧是位伟大的数学家，认为苏菲能够写出如此优秀的研究报告，定是数学界不可多得的人才，便主动指导起苏菲的学业。

"恭喜你啊！苏菲小姐。"

"谢谢你，小河先生。鼓起勇气去见老师果然是对的。"

"那么，现在开始就可以毫无顾虑地专心研究费马最终定理了呢。"

"嗯，希望如此。"

"我很期待！欧拉先生也会在天堂为你加油的！"

在拉格朗日的指导下，苏菲小姐在研究费马最终定理方面取得了很多重大成果，让我来简单介绍下吧。

苏菲以欧拉提出的"只要证明当 n 为质数时公式成立"为出发点，将费马最终定理分为两种情况，即 x、y、z 的乘积除以奇质数 n 时，除得尽与除不尽这两种情况。此外，也证明出了除不尽时，对于所有小于 100 的质数，费马最终定理成立。也就是说当 n 等于 100 以下的质数时，如果假设费马最终定理不成立，则只有除得尽的情况是成立的。

不久后，以此结论为基础，两位法国人又让费马最终定理的研究迈上了一个新的阶梯。随后，狄利克雷^①和拉梅^②又分别证明出当 n 等于 5 和 7 时费马最终定理成立的情况。

"苏菲小姐，干得漂亮！"

"小河先生，谢谢！我还有好多事情想和你商量呢！"

"什么呢？"

"我想将这项研究，报告给德国的高斯先生呢。"苏菲微微低着头，只有眼睛看向我这边小声地说道。

"高……高斯先生？那很棒啊！不管怎么说，他可是'数学之神'呢！"

"但……我想，如果他知道我是女人的话，会不会连信都不肯读呢？"

"嗯，原来如此啊。虽然在拉格朗日老师那里行得通，但不知道高斯先生会怎么想呢？"

苏菲苦恼着，最终还是以男性的名字把费马最终定理的研究成果报告给了高斯。

高斯十分感动，特地给苏菲回了封信。苏菲便以冒充的男性的

---

① 狄利克雷：约翰·彼得·古斯塔夫·勒热纳·狄利克雷（Johann Peter Gustav Lejeune Dirichlet，1805—1859），德国数学家。他是解析数论的奠基者，也是现代函数概念的定义者。

② 拉梅：加布里埃尔·拉梅（Gabriel Lame，1795—1870）法国数学家、工程师。

名义回复，就这样，两人开始了书信往来。

最终，苏菲的身份还是暴露了。拿破仑率领的法国军队占领德国后，向高斯索要一笔配得上他数学家身份的庞大的战争赔偿金。即使是高斯，也无法拿出那么多钱，他只好写信给"挚友"苏菲小姐，拜托"他"设法和法国军队交涉一下，苏菲小姐欣然同意。

这位法国将军却多事地和高斯提到了："这是苏菲大小姐的一个恳切请求。"如此一来，苏菲小姐的女人身份就暴露了。

"小河先生，我有时真希望自己是个男人啊！"

"可是苏、苏菲小姐，那怎么可能呢？"

"我知道这听上去希望渺茫，但或许你会有办法，可以把我变成男人，小河先生？"

又做了个奇怪的梦。

必须要起床了。

虽然是礼拜天……

↓

2009 年初夏，东京（三）

"店长，我先去休息了。"

"去吧，啊，对了，河西！我刚刚看到之前的那位年轻女性，进了车站前面的另一家书店。"

受到惊吓的我，在回头的时候一个不留神，腰一下撞到了店里的桌角上。

"哎呀，好疼！店长，你说的是真的吗？"

"是因为你没有好好地接待客人，她去了其他的店吧？"店长话里有话地戏笑道，"开玩笑啦！是因为想买那本'不愿意被某些人知道'的书，才没有在你这个男朋友的店里买吧，哈哈哈！"

我拨开人群跑向那家书店。正值星期日的中午，店里顾客络绎不绝。我踮脚跳着穿过书架，一溜烟地跑向自然科学的书架。

"香织小姐，无论如何我都想让你先读这本书。"我心里想着一会见到她要说的话。但是，那里并没有香织的身影。我朝收银台方向看过去也没看到像香织的身影。可能是去了其他楼层吧，但还是没有找到。

"可能已经买过了吧……"

正当我想要放弃，准备回去时。"这不是小河吗？你在干什么呢？"是香织小姐，她仍穿着一套干练的西装西裤，可能是休息日也要工作吧。

"你这是来其他店里探查商业信息吗？啊，我知道了，难道说你在跟踪我？"

我慌忙找理由解释："我们店里没有我想找的书，就来这里找找看……但没想到能遇到你，倒是香织你，是周日也要上班吗？要买书的话还请来我们店里买啊。"我不自然地喋喋不休起来。

"恰好是我上班，出来一会儿。"

"你……你在找什么书吗？之前在我们店里也……"

"不关你的事啦，哎，你现在是休息时间吧，一起去吃个午饭？"香织一副若无其事的样子指着外面。

"你好不容易约我吃饭，但是休息时间快要……"因为一直在店里团团转地寻找香织小姐，休息时间只剩下最后十分钟，"对了，我晚上有时间的哦！"

"我可没有那么闲，那就约下次吧。"香织小姐微微抬手挥了挥，消失在了人群中。

回到店里，休息时间已经进入了倒计时，我打开短信的界面抓紧时间写道："刚才抱歉了。香织小姐，莫非你是在找数学书？"

最后的3个小时是收银时间，虽说现在生意不景气，可那毕竟是最繁忙的周日傍晚。我注意到口袋里的手机振动了两三下，但也没有时间拿出来查看。到了下午6点交接班的时候，终于有时间看了下手机。手机显示有两条香织小姐回复。

第一条是下午3点收到的："笨蛋！我怎么可能在找数学书。"刚才的那一声振动是："今晚的事情泡汤了，吃个晚饭怎么样——香织。"

　　我急忙回复："好的。"然后一边换着衣服，一边把《费马最终定理》从书架上抽出来，拿着它，朝收银台走去。

　　"哎？河西先生，你上次也买过这本吧？"被做兼职的女生发现了。

　　"嗯，啊！你记性真好啊。那个，麻烦你帮我把它包装一下。"我两手插在口袋里，坐立不安地到处张望着说。

　　"要包装这个吗？该不会是要送给女生的礼物吧？"

　　我对她的话没有给出明确的回复，只是摆出了一副装糊涂的表情。

　　"要是收到《费马最终定理》这类礼物，我肯定就跟他在一起了。对吧？主任。"

　　"这将又是一个新的搭讪手法。可以在广告牌上写上'搭讪手段 No.1'，摆放在最显眼的地方，供人拿取，哈哈哈。"

　　"好啦，你快点啦！"

　　刚好是发工资后没几天，我们就去了附近一家酒店顶层吃法国餐。在能眺望夜景的酒店里，又准备了礼物，简直像是准备求婚的场景啊，我在电梯里自嘲地笑着。

　　"你在笑什么啊？难道我今天的这副打扮就那么好笑吗？"香织说道。

　　平日里穿着"战斗服"西装西裤的香织小姐，此时却穿着无袖的连衣裙,没有束起来的长发飘飘洒洒地散着,毫不吝啬地披在肩上,雪白的肌肤和黑色的连衣裙互相映衬。我第一次见到她这个样子，心怦怦直跳。

"你能不能别那么盯着我看啊？"

香织像是有些生气地望着显示电梯层数的显示板。为了让她不生气，来缓解当下的紧张感，我鼓起勇气说："我们像是在约会呢！"听到这句话的香织并没有像预想的那样回我一句"你傻不傻"，而是一反常态的依旧沉默着。

啊，她是没听见吗？我朝旁边瞥了一眼，香织小姐用一副老成的样子看着我。

"这家店应该还不错的吧？"我绞尽脑汁地想出了这句话。

我刚发了工资，加上一直想请香织小姐吃饭。她却以"我可吃不起""还是 AA 制吧，彼此能吃得满意点"为理由拒绝了我。最终，香织小姐也没有征询我的意见，点了两份 7000 日元的套餐。

"要是你一个人的话，晚饭顶多也就花 480 日元吃个吉野家的大份牛肉盖浇饭吧。"

我讪笑着。服务员来倒白葡萄酒，两个人就静静地看着这清透的液体注入高脚杯中。

"今天花了 7000 日元，我们就不要再说与数学相关的话题啦。"香织抢先给我打了一剂预防针。

"那么，这个你就收下吧。"我把让书店里做兼职的那个女生包装好的礼物递给了她。

"啊？等下，这是什么呀？我可是到处都有情人的，这样可不行啊，你会被打击的。"

"只是这点事，我还不至于。"

香织一边笑着，一边不断地用手指轻敲着包装纸。

"真是怎么看都像是一本书呢。怎么，该不会是你们店的次品书吧？"

边说边打开包装纸的香织愣住了。虽然只过去了一两秒钟，但对我来说是很漫长的一段时间。然后，她用足以让周围人侧目的声音大笑着。

"你可别笑话我呀，我就跟你坦白说了吧，其实，我也买了这个，就是白天在 A 书店！"

"真的假的？看来我还是晚了一步啊，不过，这样也好！"

我感觉如释重负般，倒是放松下来。

"其实，我刚开始试着学习这一块儿时也很不容易。香织小姐，我看你好像在找数学相关的书，又担心你入错门，所以才向你强烈推荐这本。但是，真不愧是出版界的香织小姐啊，眼光犀利，一下就选对了书。"

"还行吧。"

"这本是我们店里的，能够退货，没关系的。"

"不用退啦，这本就留给我作纪念吧。"

突然，香织带着略有些嗔怪的语气说道："还不都是被你刺激的！"她细微的声音清晰入耳，"不过，我刚刚稍微读了一点呢，就读到了一个叫苏菲的女性出场。"

"啊，这样啊！那么今天认真探讨一下那部分如何？"

"我刚才不是说了嘛，今天不讨论数学！"

我察觉到她说"今天不讨论数学"这句不是真心话，因为那句"这不是你自己提出的吗"的话她已到了嘴边但没说出口。

"总觉得，你身上有苏菲的影子。"

"哪有？"

"就你那好胜的性格什么的。"

"怎么说话呢？"

"还有美貌！"

"我说你啊，你认识苏菲吗？"

"在我的梦中，她可是个美人呢。"

第一道开胃菜口感绝佳，淋着热腾腾酱汁的新鲜蔬菜，与冰白葡萄酒简直绝配。

"那么，你读到哪里了？"

"喂，怎么又回到那个话题了？"

"稍微聊一下总可以的吧，香织小姐。"

香织小姐无奈地笑了笑，没说什么。

"读到了苏菲的那部分。最后，高斯看穿了她女性的身份，不搭理她了？"

"不是那样的！大数学家高斯先生可不是那种人！只是后来他和苏菲的研究方向不一样，书信往来减少了而已。"

"啊，是这样啊！所以，在数学上不得志的苏菲因此转向物理研究了，唉，好遗憾。"

第二道开胃菜是爽滑的豌豆汤，以及自制的面包等，都被陆陆续续地呈了上来。美味的食物打开了话匣子，我们的话题也渐渐深入。

"后来，她是死于癌症，对吧？看来是个悲剧女主角啊！你是说我们俩这点像吗？"

"你的人生不会像她那样如泡沫般虚无地消失。现在的你挺好的，不是吗？"

"你啊……"

就在这时主菜上来了——鸭里脊肉，把香织的话刚好给打断了。香织在最喜欢的鸭肉面前脸色也变得柔和了起来。

"苏菲在物理和数学上取得的成就，在当时的社会掀起强烈的反响，大家都认为应当给予她一个相应的评价。于是，高斯先生在一所大学为苏菲申请了名誉博士的称号。只可惜那时，她已因癌症去世了，好像是 1831 年吧？"

"如果赶上了的话，苏菲应该会很欣慰吧，可惜了。"

久未尝到豪华西餐的我们情绪高涨，想着再去下一家喝点酒。但因今天是周日，我们常去的那几家店都歇业了，只好早点回家了。

"今天的晚餐吃得很满足！"

酒足饭饱的香织十分开心地轻抚了下腹部。

"是啊。"

"偶尔这样一起来吃也不错！"

"老实说啊，要是再便宜一点……"

"哈哈，对你来说，是贵了点。"香织像是这样想的，夸张地点着头表示同意。

"那，我去坐电车了。"

她说完就快速地转过身，向着地铁的下行阶梯一路小跑过去。

地下通道的灯照着香织的裙摆。

"小心啊。"

已经走下一小段阶梯的香织的声音传来。

"其实，今晚根本没有什么泡汤的约会。"

我仍然想不明白白天的时候香织为什么说"今晚不行"。这种时候，如果酒吧老板在场的话一定能给我一个明确的回答吧。带着对由实酒吧关门的遗憾我也落寞地回家了。

看了书，又喝了酒，可还是迟迟无法入睡，直到 3 点钟左右，我仍辗转反侧。

19 世纪中叶，法国

"成功了！成功了！费马最终定理终于解开了！"

证明出 n 等于 7 时费马最终定理成立的拉梅，宣布想到了"n 为任意一种质数都能够证明费马最终定理成立"的一般化方法。这事发生在苏菲逝世 16 年后。

"拉梅先生，证明出费马最终定理的依据是什么呢？"

我一边缅怀着罗马士兵和欧拉，一边询问道。在拉梅的研究室内宛如召开记者发布会一般聚集着数学专业的人。

"这个嘛，所有的数字，都能用质数相乘来表示，对吧？"

"是的。"

"比如说，数字 12，就可以用 $2 \times 2 \times 3$ 这样来表示，大家明白吗？"

"知道，也就是所谓的分解质因数吧？"

"是的，而且这种模式只有一种分解方法。比如 12，除了 $2 \times 2 \times 3$ 之外，就无法用质数的相乘来表示了，对吧？"

拉梅时不时吸几口烟，自信满满地继续说着。

"嗯，您说得对。"

"将此应用于费马最终定理的左边公式 x^n+y^n，可以用分解成质数再相乘的方法来表示，再加上分解质因数的方法只有一种，即可证明无论 n 为任何质数，费马最终定理都成立。"拉梅滔滔不绝地说道。

"原来如此！"

研究室内一片哗然。

"好像高斯先生也在用同样的方法进行研究呢。"

"我知道。我可不能输给他，我必须要抢先完成，所以我不得不抓紧时间啊！我就先告辞了。"

"请、请等一下，拉梅先生！"

听到骚动声，拉梅的同窗——刘维尔[①] 站了出来。

"啊，这不是刘维尔嘛！我以你的想法为基础，眼看研究就要成功了，正要向你表达谢意呢！"

"那个，虽然有些唐突，但那个方法好像是行不通的呢。"

"什、什么？"

拉梅的神情变得如魔鬼一般狰狞，又很紧张。据刘维尔所述，拉梅在证明的过程中所默认的"虚数 ($i = \sqrt{-1}$)"，正是问题所在。

"如果使用虚数来分解质数的乘积，就不止一种算法了。比如说，$15 = 3 \times 5$ 也可以用虚数 $(1 + \sqrt{14}\ i) \times (1 - \sqrt{14}\ i)$ 来表示。而 $1 + \sqrt{14}\ i$ 没有约数，所以也不能说它不是质数！"

"气死我了！那我到底都在算些什么！"

拉梅脸色发青，揪起了头发。

接着，证明出当 n 等于 5 时费马最终定理成立的德国人库默

---

① 刘维尔：约瑟夫·刘维尔（Joseph Liouville，1809—1882），法国数学家，第一个提出超越数的人。

尔^①——狄利克雷的弟子站了出来。

"各位，冷静点！拉梅先生，现在放弃还为时尚早。"

"你、你是谁？"

完全被抢去风头的拉梅，内心开始动摇起来。

"的确，正如刘维尔先生所说，分解成质数乘积的方法不止一种，但那是因为将根本就行不通的虚数也带入计算才会导致的。因此，索性将 3×5 和 $(1+\sqrt{14}\,i) \times (1-\sqrt{14}\,i)$ 看作同样性质，当作"理想质数的相乘"，这样一来就只有一种分解方式了。大家觉得怎么样？"

"有道理！"

拉梅发出了喜悦的欢呼。

"但，这方法也行不通呢。"

"到底在说些什么？"

"我以为这种方法行得通，可验证后，结果还是不行啊。"

引入"理想质数"的概念后，库默尔在重新检验时发现，当 n 等于 37 时，无法解决"只有一种分解方式"的问题。并且，还发现了当 n 等于 59 或 67 时，与此相同。

库默尔同时指出，如果仅仅是 n 等于 37、59 或 67 这三种情况，

<hr/>

① 库默尔：恩斯特·爱德华·库默尔（Ernst Eduard Kummer，1810—1893）德国数学家。他研究数论中最困难的问题之一——费马最终定理，创立了甚至比定理本身更重要的理想数理论。

还能千方百计地寻找其证明方法。但类似这样的质数是无限存在的，都将其归结为一个类型来考虑是不切实际的。

拉梅倍受打击，放弃了继续研究。虽然高斯花费精力又坚持研究了一段时间，但最终还是没能跨过这道鸿沟。

1816 年，法国的科学院已准备好解开费马最终定理的悬赏金，看似拉梅和高斯距离解开它仅一步之遥，但最终他们还是没能获得奖金。不过，提出"理想质数"这一概念，并为费马最终定理的解开做出了巨大贡献的库默尔还是得到了数学界的高度评价，虽与奖金无缘，但仍被授予了巴黎科学院院士的荣誉。正如前文所述，除 37、59 或 67 以外，库默尔通过"理想质数"的理论一下子证明了 100 以内除 37、59、67 以外的所有奇数费马最终定理都成立。这么一来，暂且认为当 n 小于 100 时费马最终定理成立。

这一事实，是完全解开费马最终定理的一大跨越性进步。

之后，在下一个突破发生之前，又过了 50 年……

2009 年盛夏，东京

"啊，小河，欢迎光临。今天居酒屋那边不上班啊？"

来得稍早，店里的客人只有我一个，老板微笑着欢迎我。

"是的，本来想着要不回去学习吧，但怎么都想喝杯老板你家的啤酒，所以就过来了。"

"那真是我的荣幸啊，稍等一下！"

关于香织的话题，上次只说到一半。再加上，我很想告诉老板，香织买了关于费马的书。关于那天晚餐的事情，我也想听一听老板的看法。

老板一开口，便笑了起来。

"那个呀，那天香织说她想读一些关于费马的书，但又不知道读哪一本，所以我就给她推荐了。"

"是这样啊！那这么说来，老板你也读过那本书？"

原来如此，正如我的预想，香织能在费马的众多作品中选择那本书，应该是有像老板这样读过那本书的人给了她建议。

"嗯，大概有 10 年了吧。不过，书的内容早就忘掉啦。"

"看来老板真的是学理科的啊！"正说着，就有第二位客人走了进来。我正想问香织为什么要瞒着我偷偷地读那本书的时候，老板突然转过头开口说道："先不说我了。"

"什么？"

"依我看，香织是挺好的一个人，虽然初识的时候令人感到有些不好接近，但她一直忠于自己真实的情感，认真对待自己感兴趣的事情，总是全力以赴。不过，她不会把这样一面展现给不熟悉的人，所以如果只是一般交情，是很难真正懂她的，对吧？"

　　的确如此，我完全赞同老板的观点，拼命地点着头。看来，那本书香织也在很认真地读。

　　"对自己喜欢的男生也是吧？我在旁边看着都替她着急！"

　　"香织有喜欢的人了？"

　　她说过自己有很多情人，但那肯定是开玩笑的吧，我一边想着，一边把空啤酒杯递到老板面前。老板并没有接过杯子，而是像做演讲一样，把两手撑在吧台上，深吸一口气说道："如果说是小河你呢？"

　　"啊？"看着瞬间愣住的我，老板露出一副像是"在我面前就不要装糊涂了"的表情，最终给我倒上了第三杯啤酒。我感觉醉意瞬间袭来，浑身发烫。

　　等回过神时已经是晚上9点了。我交替地喝着啤酒和鸡尾酒，进入"久坐模式"。这时，传来有人开门的声音。老板把目光投向门外，轻轻颔首。是香织走了进来。

　　"啊！小河，你也在！不打工的时候应该赶紧回家学习才对呀！"

　　"你说得没错，可我，不知不觉就忘记了时间。香织你刚下班吗？"

　　"是啊，因为作品下厂印刷前往往会忙得不可开交。啊！都要饿晕了！老板，给我来份咖喱饭。"香织脸上露出只有下班后才能看到的那般爽朗的笑容说道。

　　她好像还没有察觉到我在听完老板那段话后，有些不自然的样子。

　　香织边喝啤酒边吃着咖喱饭抱怨到："作者的书稿又迟了""主

编的审查太严格了"，然后又好像不经意似得随口说道："费马最终
定理看似简单，却的确很难证明啊。"

我心想，没错！她果然是在认真地继续读着那本书。这正是老
板所说的香织的"优秀之处"啊！

"香织，你有在读嘛！"老板看起来也很高兴的样子，回过头说道。

"在库默尔之后，就是那个因为失恋想要自杀的数学家出场了吧？"

"你说的是，是沃尔夫斯凯尔①吧？"

"对，对！那个人好滑稽！是个有钱人家的大少爷吧？"

都是"爱情"惹的祸。

出生在富裕家庭的德国数学家沃尔夫斯凯尔，因心仪的女人没
有接受自己的心意而遭受沉痛的打击，走上了自杀的道路。他决定
在午夜零时整开枪射击自己的头部——他陶醉于自己完美的自杀计
划。然而，离预定的自杀时刻还有几个小时，沃尔夫斯凯尔决定一
边读着库默尔的著作，一边等着"那一刻"的到来。

不过事情的发展超出预料。

"岂有此理！"沃尔夫斯凯尔发现，在库默尔的论证中似乎存
在着逻辑缺陷。如果真如他所想，那么，解开费马最终定理可能会

---

① 沃尔夫斯凯尔：保罗·沃尔夫斯凯尔（Paul Wolfskehl，1856—1906），他是一
个银行家的儿子，自己是一名医生，同时也是一名数学爱好者，他在遗嘱中将
10 万马克作为奖品赠与证明出费马最终定理的人。

比想象中简单一点。

　　"'说不定我能解开费马最终定理，现在还不能自杀！'当时的沃尔夫斯凯尔是这样想的吧？"

　　"没错，肯定的！"

　　"因为这个而打消了自杀的念头倒是挺好，可这只是他的错觉而已，最终还是没能证明出来，是吧？"

　　香织一直在确认书中的内容，认真的模样真是招人喜欢。

　　"就是那样！香织，你也迷上了这本书吧？"

　　"'名人轶事'的部分我倒是认真读了。"

　　"后来，到了1908年，这次沃尔夫斯凯尔真的死了。还有当时他立下的一份令人震惊的遗嘱也被公诸于世了。"

　　"是10亿日元吧！"

　　香织用力抓住手里精致的手巾做成的小鸭子的头，提高了嗓门说道。

　　遗嘱中写着："把10万马克奖赏给证明出费马最终定理的人"。

　　"算是对'救命恩人'的一种报恩吧？"

　　"或许是吧，但按照当时的货币价值来说，10亿日元可是很振奋人心的数字。而且有效期限是到2007年9月13日。"

　　附带说一下，1994年费马最终定理被证明出来的时候，货币价值已经锐减到500万日元左右。

　　"那10万马克是由谁保管的呢？"

　　"由哥廷根皇家科学协会保管。但是，听说附加条款上写着要由哥廷根大学对证明进行严格审查。"

"这下数学家们都该拼命了吧？"

"不，也不全是。"

"为什么啊？"

当时的数学家们都认为"证明"一事即使不是不可能的，也是异常艰巨的挑战，所以谁都不敢轻易出手。即使是 10 亿日元，也勉强不来。反而是数学的业余爱好者们对于悬赏一事兴致勃勃。

说到底，费马也是一名业余数学家。抱着"业余爱好者可能会注意到被专业数学家们忽略的地方，用一个不起眼的小想法轻松地解决这个问题"的想法，做着"白日梦"的人们络绎不绝地寄来了"投稿"，表现出他们对 10 亿日元的渴望。

可想而知那些都是错误的。据说为此，担任审查的哥廷根大学数学系的老师们在一段时间内无法专心于本职工作。

其中，好像也有恶意来信。例如："首先，打开信封之前请先预付 1 万马克，因为那 10 万马克的得主一定是我。到时，作为谢礼我会送给你 2 万马克。如果不接受这个条件，我会把这个证明送到其他大学，那你们就要眼睁睁地丢掉 1 万马克了哦。"

"真荒唐！"香织咬着插在鸡尾酒玻璃杯上的柠檬片，愤愤不平道。

"香织，如果得主是你，你会做什么？"

"我要买下现在工作的公司，将受到的欺负原封不动地还回去！"

她不假思索的回答令我惊讶。原来职场上的香织积存了这么多的压力。

"那如果你得到了 10 亿日元，你会做什么呢？我们两个人一起去无人岛生活？"

对于这个香织常开的玩笑，我今天总感觉无法一笑而过。之前老板说的或许只是他的错觉，在香织面前，我绝不能表现得过于敏感。心里很清楚，可我越这么想越是……

"这个，怎么说呢，如果是我，我会辞掉工作，一心去钻研那些与费马最终定理难度相当的，不，甚至比它更有难度的数学未解之谜，你说呢？"

香织的脸上突然换上了很认真的表情，有些嗔怪地说了我一通："你能不能说个奢侈享乐型的啊？比如，去趟拉斯维加斯之类的！"

接着她又说道："但是，这类数学未解之谜还有吗？"

"有好多呢！"

"有我也能理解的那种吗？"

"多得很呢！例如，有一个猜想就是把所有大于等于 4 的偶数都用两个质数的和来表示①。"

"嗯？大于等于 4 的偶数用两个质数的和来表示。哦，这类猜想还没有被证明出来啊？4 是 2 加 2，6 是 3 加 3，8 是 3 加 5，10

---

① 即哥德巴赫猜想，是哥德巴赫 1742 年给欧拉的信中哥德巴赫提出的：任一大于等于 4 的偶数都可以写成两个质数之和。

是 3 加 7，12 是 5 加 7，14 是，嗯，3 加 11 吧？"

香织抬着头闭着眼睛，按着顺序一直数下去。

"对，完美！关于这个猜想之前也说过，是和欧拉同一个时代的数学家哥德巴赫提出来的。像香织你刚才数的那样，不管数到哪个数，确实都是由两个质数的和组成的。100 就是 41 加 59，10000 就是 3 加 9997 啦，除此之外，还有很多种组合方式。当然，一直继续下去的话好像都是正确的，但是无法证明这样数下去永远是正确的。"

"就这样的呀，看上去不是能证明出来嘛！如果我认真地算下去说不定能证明出来哦。"

"你现在能懂了吧，如果有 10 亿日元就想辞掉工作一心钻研数学的心情。"

"不，我才不懂呢！还是去拉斯维加斯好，太空旅行听着也很不错。"

拉斯维加斯确实很有吸引力，如果资金充裕的话，太空旅行也不成问题。

"对了！对了！说起宇宙，还有一个最近才论证出来的伟大猜想。"

"一个俄罗斯人吧？拒绝了 1 亿日元赏金那个，什么猜想来着？"

"嗯嗯，你很了解嘛！"

"电视上播过那个纪录片。"

2006 年，历经 100 年才被解开的"庞加莱猜想"成为话题。这一猜想是在 1904 年，即沃尔夫斯凯尔发表设立 10 万马克奖金仅 4 年前，由法国数学家庞加莱围绕"宇宙的形状"提出的假说。

用数学术语来解释如下：

"任何一个单连通的、闭合的三维流形一定同胚于一个三维的球面。"

上述表达，除了专家们，外行人完全不明白这到底是什么东西。所以就用稍有偏差，但是简明易懂的方法来讲解一下。也就是说，一个物体无论被一根绳子怎么缠绕，最后都能自动滑落，这种物体应该可以变形成"球"。

例如，甜甜圈，由于它的中间有一个洞，所以无论怎么变形，都不能变成"球"。因此，就存在一种在不将绳子剪断的情况下也永远不会滑落的绳子缠绕方法。

思考这一猜想时，其中有一个非常重要的概念，是由庞加莱本人提出的"拓扑学"（相位几何学）。从"拓扑学"的角度来看，就是可以把一个有手柄的咖啡杯与一个中间有洞的甜甜圈看作"同样的物体"，我们把一副摘下镜片的眼镜，即"双洞物体"与一个带有手柄的小茶壶看成"同样的物体"。也就是说，只要在不将其弄坏的情况下，拧弯、拉伸、缩小让它任意变形，最后能变成同一个形状的物体，都可以视为"同一种物体"。

在此之前的微分几何学都特意把球、圆柱、圆锥区别开来。但是到了 20 世纪，运用"拓扑学"之后，都把它们视为"同一种物体"了。这些年来认为"将物体细分考察才是科学的进步"的人们对这一新的观点感到不知所措。

"当时数学界的意见是，好不容易才把物体各自的性质研究出来，这下又引入'同一物体'的概念，真的好吗？对于这种乍一看是在背道而驰的做法，大多数人感到了不安。"

"虽然有点难，但我多少能理解。"

"总而言之，接下来的数学研究更讲究灵活变通。而以往的数学坚如磐石，是一门无法变通的学问。与之相反，'拓扑学'就像能够自由拉伸的橡胶，**不是注重'形状'和'大小'，而是考察事物的'性质'**。正是通过这种想法，才能真正把握事物的本质，这就是'拓扑学'的思维方式，对吧？"

"那之前的'微分几何学'该怎么办呢？"

一直旁听的老板突然插了一句。

"怎么说呢，它们也各有所用。在需要考虑形状、面积、体积等差异的情况下就能够起作用，这不也挺好的呀！"

"拓扑学"作为推进复杂问题简单化的研究方法，确实为之后的数学研究带来了巨大影响。而且，大部分的数学家渐渐相信"庞加莱猜想"可以通过他本人提出的"拓扑学"的概念来解决。就如同费马最终定理一般，各行各业的人又开始挑战这一猜想。但是，"庞加莱猜想"的研究也难有进展，直到 21 世纪，这个难题也迟迟没有被证明出来。

就在此项研究停滞不前的时候，俄罗斯的数学家佩雷尔曼[①]出现了。

---

① 佩雷尔曼：格里戈里·佩雷尔曼（Grigory Perelman，1966—）俄罗斯数学家。他证明了数学中一个重要的未解决的问题——"庞加莱猜想"。

佩雷尔曼在解决"庞加莱猜想"时，运用的不是"拓扑学"，而是在"拓扑学"诞生之际曾经被视为"死板而又陈旧"、被人们所排斥的"微分几何学"。

"如果不改变思路，就无法解决世纪难题。"

是的，到了20世纪中叶，无疑，费马最终定理也迎来了新的曙光。但是，这个伏笔是由庞加莱创造出来的，就是"模形式"。它是根据某种周期性函数延伸而来的。"模形式"是可微的，即研究的是"连续性世界"。但其实，这与"非连续性"质数的性质具有密切联系。并且它作为连接不同领域的桥梁，确实极其有趣。

费马最终定理与质数有着密不可分的联系，已成为众所周知的事实。从而得出，采用崭新的方法来捕捉质数，是一种有效的新手法。

"之后，舞台终于交给了战后的日本。"

"那可是我们的骄傲呀！东大的学生们！"

"噢，对，对，对，我有点想起来了！"

话说，在当时所谓的费马最终定理，其实是"真"是"伪"都尚未辨明。1931年，出生于捷克的哥德尔①发表的"不完备性定理"轰动一时，使这种观点变得更加强烈。

"哥德尔不完备性定理"简单来说就是，这个世界上总会存在

---

① 哥德尔：库尔特·哥德尔（Kurt Gödel，1906—1978），数学家、逻辑学家和哲学家。其最杰出的贡献是哥德尔不完全性定理。

着既不能被证明为真，也不能被证明为否的命题。如果费马最终定理被认定为"既不能被证明为真，也不能被证明为否"的命题，那么迄今为止人们为之所付出的努力到底算什么呢？备受绝望感折磨的数学家们络绎不绝地出现。

但是，迄今为止，在费马最终定理证明过程中，比起"绝望感"，更加消磨数学家们研究热情的是证明的方法也难有突破，一时半会儿怎么也找不到新的证明方法。

此时，第二次世界大战爆发了。

战争是残酷的，但对于数学而言，却不得不提二战期间"计算力"飞跃性的发展，这是毋庸置疑的事实。欧拉在没有计算器的年代，终其一生，仅靠纸和笔进行了大量计算。但是，不久后，计算器问世，一种能将欧拉和费马耗尽一生做出的计算在瞬间内完成的工具。

英国数学家图灵为了破解德国军队的暗号，在研究的过程中，找到了将计算"机械化"的方法。

于是，将人类耗费一生才做出来的计算在短短几个小时内精确算出的计算器终于登上世界舞台。

尚未放弃证明费马最终定理的数学家们，运用库默尔研究出来的方法并利用计算器，大幅度地提高了运算速度。计算器的发明又一次点燃他们的希望，他们为了证明它竭尽全力，积极奔走。

就这样，战后不久，证明出 n 小于等于 500 时费马最终定理也都成立。到了 1980 年，n 一直被计算到 4000000。这确实是一个巨

大的进步。但是，不论将 n 无限计算到几都无法证明出费马最终定
理成立这一问题更加暴露无遗。

　　不行啊，尽管沿着这个方向探索，但每次越靠近，就觉得离目
标越远，就越无计可施。提出一个截然不同的想法，迫在眉睫。

　　很少在由实酒吧连续待 5 个小时的我，此时已喝得酩酊大醉。
背倚着墙壁，迷迷糊糊的好像睡着了。似梦似醒，听到香织和老板
若近若远的说话声。

　　"香织，我觉得你们俩很配哦！"

　　"都说了不是那么回事嘛！"

　　"净在说谎！"

　　"他这个人，就是单纯想找个人聊数学罢了。我就只是那个倾
听者，仅此而已。"

　　"只要有一个契机，世界就会发生戏剧性的变化，你俩都是在
浪费时间。"

　　隐隐约约听到的说话声，伴随着《一点点单恋》的旋律，渐渐
飘远，我又启程去了费马的世界。

20 世纪中期，日本

"谷山先生，你在图书馆借的书我也要用，你准备什么时候还回去呢？"

太平洋战争结束9年后——1954年，在东京大学数学专业，谷山丰和志村五郎① 初次见面。

"难道志村先生和我一样要研究阿贝尔簇上的'复乘法'？"

两人通过书信往来。

"是的，谷山先生。"

"真是太好了！一直没有研究这个领域的老师，所以就我一人孤身奋斗。可以的话，要和我一起研究吗？"

"好的，一定。"

就这样，两人互相交换了想法。此时，谁也没有预料到他们这次相遇会与证明费马最终定理有关联。

"谷山先生，志村先生。"

"呀！这不是小河先生吗？"

"你们在聊什么啊？"

"我刚才在和志村君讨论接下来要研究什么呢。"

虽然，穿着不修边幅的谷山和穿着整齐大方的志村是一对看上去有着鲜明对比的搭档，但两人都因同样的目标而激动不已。

———————————

① 谷山丰（1927—1958）和志村五郎（1930—）：日本科学家，共同提出了"谷山—志村猜想"。

"总觉得老师们在战争结束后都有点疲惫，没有什么精力。所以我们打算自己开学习会，独自研究计算。"

"我也是。"

"那研究什么呢？"

"模……"

"模……"

最后两人异口同声地说出了"模形式"。

"果真如此！"

"让世人为之震惊！"

很遗憾，让普通人完完全全理解这个"模形式"，是不可能的事。但让他们了解一下模型式中最简单的那部分，却是很有必要的。因为这样有助于理解"模形式"在研究费马最终定理过程中起到的作用。

"请问……"

"怎么了？小河先生？"

"像我这样的也能弄明白'模形式'吗？"

互视的谷山和志村露出有点为难的表情。志村问道："谷山先生，你觉得呢？"

"有点困难啊。"

"不能理解透彻也没关系，你能用世界上最简单的方法来给我解释一下吗？"

谷山对穷追不舍的我解释道："'模形式'就是指函数，带有特殊性质的函数。"

所谓函数，以二次函数为例，就可以用 $y=ax^2+bx+c$ 这样的一般公式来表达。可即使能把"模形式"中的一个例子用公式表达出来，也无法让所有的"模形式"都用公式来表达。带有"特殊性质"的函数是比较简单的，其中对称性和周期性就符合此公式，这就是"模形式"的要点之一。

"例如，sin 和 cos 这样的三角函数图是能以一定的周期重复的。如果将全体平移到 x 轴方向，那么只要通过移动其周期部分就会与原来的函数刚好重合。这就是所谓的对称性和周期性。"

"啊，原来如此。你刚才说的这个部分我明白的。"

"总的来说，在某种变换群下具有某种不变性质的解析函数就是'模形式'。"谷山总结着，让我先掌握这些。

志村继续着："刚才是以二次函数为例，所以理解起来或许容易点。但'模形式'是复平面上的双曲空间，就必须要放在非欧几里得几何学支配的四次元空间里考虑，就像三角函数一样，无法用图表或公式来表达，甚至，再往下说下去你都想象不到了。"

既不能用画图表示，也不能在心中描绘，是很棘手的事情，因为不会的终究还是不会。但是，把数学作为专业的人不但不会嫌这事麻烦，反倒觉得是种乐趣。

　　这种无法理解的纠结痛苦在梦境里缠绕着我，我翻来覆去，从梦中惊醒。一时间意识还没有完全清醒，嘴里嘟囔着：

　　"哎呀，'模形式'。"

2009 年盛夏，东京（二）

　　伴随着盛夏的到来，难以入睡的夜晚也在持续着。

　　在这种大城市，哪来的这么多从早叫到晚的蝉？被聒噪的蝉鸣吵醒的我感到很不可思议。因为暑热加重了睡眠不足，读书计划也迟迟难以推进。

　　对费马最终定理的解释也进入艰难的阶段，已经很难理解其内容。我想通了，既然不能理解其详细内容，那就换个稍微可行的方法，也就是说，先努力挨个弄清楚里面的那些专业术语。

　　"什么是'模形式'的，完全理解不了！"像往常一样我在由实酒吧一边喝着酒，一边向香织发牢骚。

　　"感觉好难啊！"香织嘟囔着。的确，读到这一部分，对书中的内容她也开始了"投降模式"。

　　"那个叫什么'形式'的和费马最终定理有着什么样的关系？"

　　"模形式。日本数学家谷山丰和志村五郎两个人发表了对阐明费马最终定理有重大意义的'谷山—志村猜想'，但想要理解它的内容，就必须先理解'模形式'。"

　　"又是猜想！净是些不清不楚的东西。"

　　"那也没办法，凡是与费马相关的所有理论必须全部解释清楚才可以。"

　　因为我们讨论的内容显然比之前更加专业，偶尔参与到讨论的老板也投降退出了。

　　"还有一点，'谷山—志村猜想'的一大重要因素就是被叫作'椭圆曲线'的。说到这方面，我也不是完全不明白。"

"那是什么样的东西？"

"二次函数知道吧？你看，有一个叫抛物线的，对吧？就是那样，总之能用图形来表示 x 和 y 的函数关系。"

我把装筷子的纸袋弯成 U 形给香织看。

"接下来，虽然有些离题，但是这个'椭圆曲线'在 21 世纪突然备受关注了。"

"但也只是和一部分专业人士有关吧？"

"不是！不是！不是那么回事！其实，在网络时代，这是保证安全方面不可或缺的理论。"

"安全方面？是指密码之类的吗？"

"没错！伴随着电脑的发展，进入当今的高科技时代，人们一直在寻求高质量的安全系统，即设定简单却难以解开的密码系统。"

"啊，如此一来，函数就是很必要了吗？好像不是很好理解。"

说起现今的安全措施，人们都会想到信用卡的密码、网络登录密码，和公寓的大门锁等。虽然这些都是最近才登上世界的舞台，但其根源可以追溯到战争时期——为了破解敌人的"电报"而研究发展起来。自此，制作出难以破解的密码就成了科学技术发展的使命。

曾经的密码，制作和解开都是使用同一个"钥匙"，但因为这种方式安全性较低，之后就开发出了制作密码和解开密码分别使用不同"钥匙"的方式。如此一来，即使公开了制作密码的"钥匙"，只要不公开解开密码的"钥匙"就无法破译。比如，信用卡号本身是被"公开"的，如果不这样，信用卡系统就无法运行，但是，密码只有本人才知道，第三者也不能从信用卡卡号就推断出密码。把二者连接起来的这一结构的组成部分与"椭圆曲线"有关，而"椭圆曲线"又与"分解质因数的唯一性与它的难度"有着密切关联。

"这个和费马最终定理还存在着关联，数学真是一门很高深的学问。"

"密码锁不会被破解，这一点我还想可以理解。不过，有比这个更容易理解的例子吗？"

香织一副似懂非懂的复杂表情，用手指描着沾在玻璃杯上的水。

"这样啊，不好意思。那我们再用一个稍微小一点的数字来举例子吧。比如设置的密码是 5220979249，这个数字实际上可以用 $71 \times 223 \times 419 \times 787$ 这四个质数的乘法表示。5220979249 这串数字，仅仅找出最小的约数 71，那还是要历经一番辛苦的。再找出 223、419 和 787，加上还需要确认这些都是质数，即使用电脑计算也要花费一番工夫。并且，71、223、419 和 787 这四个数字和密码相连接的地方是用分解质因数这一复杂的运算方式算出来的。这样一来，即使是 5220979249 这种程度的小数字，想从它们中找出密码也几乎是不可能的，就是这么一回事。"

"哈哈，对了，这么说来，有个因分解质因数的方法是否唯一的证明方式而放弃致力于解释费马最终定理的人，指的就是现在这个人吧？"

"对，对，是拉梅，说的就是那个事，香织你也很厉害啊！记性可真好啊！"

在阐明费马最终定理的过程中出现过的拉梅，将他的理论与椭圆曲线结合了起来。但当时，世界上的任何一名数学家，都没有想到费马最终定理会与"椭圆曲线"有深切的关系。

"那么，模什么的不需要理解，是吗？"

"嗯，如果能理解最好不过。但是，这对于专家也是个很难的课题，目前也没有办法。总之，'模形式'和'椭圆曲线'都和费马最终定理的阐明有关联，只能这样了。"

"嗯。"香织一边点头一边冥思苦想。

"你可真能跟得上啊！动脑子时没有比这个更管用的！"老板边说边拿出了糖递给香织。

因为明天也要起早，我就先回去了，留香织一人在那里。虽然心里惦记着未读完的书，但还是把它放回书架那里。

"好，今晚要好好睡觉啊。"

刚迷迷糊糊快要睡着的时候，香织发来了信息。

"你之前很想要的 CD 已经买过了吗？"

我因 CD 播放机坏了，也就不记得想要 CD 这件事了。想着，香织一定是发错了吧。就这样睡去了。

↓

1955 年，栃木县日光市

二战后 10 年，在广岛召开了第一次禁止原子弹氢弹爆炸的世界大会，呼吁世界和平。这一年，数学界也有了重大的进展。

"谷山先生，这次的日光国际会议，芝加哥大学的韦伊①教授好像也要来哦！"

"呀，太好了！在整数论上，他可以说是世界级的权威人士，好期待啊！"

"虽说是传言，但还是留心点为好啊。"

"什么？"

看来，谷山把那个传闻当真了似的，皱着眉头说道："据说，韦伊教授有时会整合和借鉴他人的想法，然后组成自己的理论将其发表。所以说，像我们这样的无名小辈，可不能被他利用了呀！对了，这不是前辈你跟我说的嘛。"

1955 年 9 月，25 岁的谷山和志村在枥木县日光市举办了国际数学会议。本次聚会以参与者皆为年轻研究者而闻名，对日本的研究者来说，也是一次可以向世界的数学家们发表自己研究成果的宝贵机会。芝加哥大学的韦伊就是出生于法国的数学家，全名安德烈·韦伊，他又是那段时间在法国成为焦点的"布尔巴基"学派的号召者。

---

① 韦伊：安德烈·韦伊（André Weil，1906—），作者对他的评价可能存在争议，但无论怎样，都不可否认，因为他的影响力，使得"谷山—志村猜想"得到了了西方数学界更多地关注，他本人也在椭圆曲线领域有着突出的贡献。

当然，谷山和志村也为了本次发表专心致志地做准备。

他们两个人对"模形式"和"椭圆曲线"很感兴趣。但是，这两个在数学中完全属于不同领域的课题，可以说在这世界上，基本无人会想到把这两者联系起来讨论或认为有讨论的必要性。可谷山和志村认为"模形式"和"椭圆曲线"在本质上是同一个问题。

"志村君，这次会议，要不要说这个？"

"嗯……但是还没证明出来呢。"

"不，这也没关系。提前和他们说这个是'尚未解决'的问题，这样可以吧？小河先生。"

"是的，我们这么有信心，有这份心态，一定会比证明费马最终定理要强！"

"说得也是啊。"

我们面对着彼此大笑起来。

谷山和志村猜想："模形式"和"椭圆曲线"或许是通过"黎曼函数"相关联的。并且，所有的"椭圆曲线"都与"模形式"的某一种是一致的。更严谨地说，就是与包含"模形式"的"自守形式"的函数是一致的。

这个猜想让出席的人感到茫然不知所措。

谷山列举了好几个"样例"，出席者也认同其确实存在。可"这并非随便几个例子而是具有普遍性"的这一主张，使会场洋溢着"不认同"的气氛。终究还是不认同的人居多，两方面都兼顾的数学家基本没有，对这个想法感兴趣的人也没有，就算被证明出来，也无人认可。对此，我也能够感同身受。

尽管，当下普遍认为不同领域间的结合对一门学问的发展有着重要的意义。但当时没人意识到它的价值所在。

"志村君……"

谷山拍着沮丧至极的志村的肩膀说。

"打起精神哟！"

志村想到谷山君的心情肯定和自己一样失落，强挤出一抹僵硬的微笑，说道："不好意思啊。"

"我坚信所有的'椭圆曲线'总会有和它一致的'自守形式'，一定能证明出来的！"

"嗯嗯，是啊！"

"如果这个被证明了，那么在解决关于椭圆未解决的问题时又多了种方法，反之亦然。"

"不仅如此，如果可以增加一些在数学不同领域间起桥梁性作用的理论和命题的话，数学也会取得飞跃性的发展！"

此次国际会议结束后，两人开始埋头于研究"椭圆曲线""模形式"和"自守形式"。

虽然两人夜以继日地研究，但通往正解的道路仍遥遥无期。在辛勤研究期间，志村收到了来自普林斯顿研究所的邀请函，邀请他去任职为期两年的客座教授。因为当时不能像现在一样通过邮件或上网的方式来取得联系，一旦分开，两个人的共同研究就要停止。但身为数学家的他想牢牢抓住这次机会，最终，1957 年他决定前往美国。

"两年后我们再一起研究吧。"

"嗯，我也会以我的方式继续研究下去的。"

"如果有什么成果就写信给我。"

"嗯，当然。"

志村用力地提起大包，开始朝着搭乘口方向走去。

"谷山先生也要多保重，加油啊！但我们之间绝不存在'聊胜于无'的证明。"

"哈哈，志村君也是，在异国他乡要多保重啊！"

"谢谢。"

"再见。"

"一路顺风。"

在候机大厅里，夕阳照射到两人充满希望与梦想的双眸，满目生辉。但是，一年后的那个"噩梦"，至今无法让人相信它是事实。

"咚咚——"

"咚咚咚——"

"谷山先生？"

"……"

"谷山先生！"

"……"

"这是怎么了？谷山先生，开门啊！"

房间里的灯亮着，这几天却没有任何动静。公寓管理人员觉得有点可疑，就开门进了谷山的房间。

"呃，啊！谷……谷山先生！"

1958 年 11 月 17 日。

谷山就这样结束了自己的生命。

2009 年晚夏，东京

"那不是梦呢。"

"嗯。"

"是自杀。"

我们的心情就像自己亲近的人死去了一样，十分低沉。会是一个怎样艰难的状况，才能让人下定决心自杀，香织露出一副难以置信的表情。

"只是，这个部分无论读多少遍还是觉得很难过。"

"那么，自杀的原因是什么？"

"这个就不清楚了。"

听到了自杀这种不得了的事情，老板和常客也围了上来。

"怎么了？谁自杀了？"

"是你认识的人吗？最近这种事很多呢。"

"是小河的熟人吗？"

接连不断的提问有点令人厌烦，我有些不耐烦地说道："并不是我的熟人……"

"那是香织小姐的熟人？"

"完全不是，是在说二战后的一些事情。"

香织的一句话，消除了大家的紧张感。

"还以为什么呢。"

"你这人怎么说话呢？"

"啊，不好意思啊，你们说的是谁啊？"老板假咳嗽了一下，像是些许明白的样子问道。

"如果在世的话，一定是个大数学家吧，他可是二战后国家的栋梁之才。"

我用像是夸耀自己祖先一样的口气回答道。

"数学家啊，感觉脾气捉摸不透。"

"听说他有个未婚妻，但是他在快结婚的时候死掉了。"

香织仰面朝天喃喃说道："被留下的那个人也是万念俱灰啊。"

"是啊……"

大家都向前探出身子，等着我讲接下来发生的事。

"后来，未婚妻也追随他自杀了。"

"啊！悲剧啊！"

大家都很闷闷不乐地回到了各自的座位，只有老板一个人留在这里和我们继续着话题："小河博士还好吧？开始研究数学可别变得想不开啊。"

"我看着像是那种人吗？"我拍了拍自己的胸脯。

"是啊，香织那样的性格，肯定不会跟随你一起自杀，那你肯定也不会自杀的啦。"

香织把纸巾一下扔到了一脸坏笑着的老板的脸上。

"不过，那个去了美国的朋友怎么样了？说来听听。"

"这件事可把志村给吓坏了，不过他从中振作了起来。想着要给死去的挚友一个交代，唯有自己去证明这个猜想。"

"真是段美好的友情啊！总觉得就好像是发生在前不久的事，不像是很久以前的故事呢！"

志村专心致志地向研究"椭圆曲线"和"模形式"的关系迈进，他的研究是有意义的。一度被无视的两人的研究，几年后出现了对他们的猜想感兴趣的人。之后，"谷山—志村猜想"这一专有名词传播开来。从这一点也能看出它的关注度在增加。

法国的韦伊也曾出席日光会议，也是亲耳听到谷山生前猜想的其中一人。当然了，当时韦伊也并没有太把它放在心上。但在 1960 年中期，突然，韦伊把这个猜想传遍了世界各个角落。

"啊，说起这个，我也是知道的！'横刀夺爱君'，对吧？那个法国人。"

只要到香织那里，措辞就变得非常夸张。但是，这件事情对于作为日本人的我们来说，确实让人有点不愉快，这位"横刀夺爱君"。

"真是起了个不得了的外号啊。"老板笑着。

"韦伊这个人啊，起初，对于去世的谷山和去了美国的志村共同发表的猜想，明明就没有认真地去听，可后来，在这个猜想渐渐开始引起人们注意的时候，他就把它当成自己的猜想一样四处宣扬。"

"哎，那可是有点蛮不讲理了！"

"但在处理这件事情时志村显得很豁达。"

"为什么这么说？"

"他认为，眼下最重要的是验证这个猜想是否正确。因此，能够让越来越多的人对它感兴趣，试着去解开它的数学家也能增加，这才是重要的。如果由韦伊教授提出，而在欧洲地区有更大影响力的话，那也没什么不好吧？死去的谷山应该也是这么想的吧。"

"真大度啊！"

"也把我感动了，真是个有肚量的人呢。"

不过，和我们有同样的想法的布尔巴基学派的成员塞吉·兰，他决定为谷山和志村的学术成果正名。

自从在日光第一次听了谷山的主张后，一直一笑置之说"这种事情是不可能的"的韦伊，在后来读了志村的研究之后，突然把它当作自己想出来的那样去四处宣扬（兰是这么认为），这一事激怒了兰，于是就在世界范围内发表了对韦伊的指责声明。

这一举动在数学界一瞬间引发了骚动。

但是，志村本人很冷静，他知道这不是本质性的问题。总之，不论以什么方式使"谷山—志村的猜想"在世界范围内被熟知，只要是对这个猜想抱有兴趣的人在快速增加，那么，不管对数学界还是对志村来说都是件好事。

当然，对于在天国的谷山也是。

"喂，小河！"

从由实酒吧里出来正要回去的时候香织叫住了我。

"你买那个 CD 了吗？"

"CD ？我的 CD 播放机坏了，就算买了 CD 也听不了，我又不喜欢在电脑上听。所以，我不记得和你说过想要 CD 啊。"

"哈哈，这样，我知道了。"

"啊，但是收录了《一点点单恋》的专辑确实有点想要呢。"

带着有些不自然的笑意的香织快速转过身去挥着手再见。最近这段时间，我一直不明白香织到底在说些什么。

第二天，我迎来久违的休息日。为了醒酒，冲了个热水澡，充满干劲儿地走向了桌子，想要查找"谷山一志村猜想"面向非专业人士的解说资料。

但是，如往常一样，睡意开始袭来。

1984 年，德国

"嗯，各国的数学家们。"

"在！"

"让我们创造出更多的,能够连接不同数学领域的定理和命题，推进数学的发展吧！"

"谷山—志村猜想"之所以能够崭露头角，多亏了曾经志村所在的普林斯顿研究所的朗兰兹[①] 的号召。朗兰兹钦佩着"谷山—志村猜想"内容的广度和深度，甚至抱有一种宏愿："一直被认为属于不同世界的，数学的各领域间或许是相互联系的。"

"这个想法很宏大！不过这样联系起来的意义在于什么地方呢？"

"拿与'椭圆曲线'相关的未解决的问题举例吧，如果这个猜想被证明了，也就会给自己的研究带来飞跃性的进展。有没有谁呀？对！是的！就是那边的那位！如果能够证明出'谷山—志村猜想'是正确的话，那么与'椭圆曲线'相关的未解之谜，或许也能通过转移到'模形式'上来得以解决呢。"

"噢，那真是太好了！"

"那边的那位，你好像写过很多篇以'谷山—志村猜想'的正

---

① 朗兰兹：罗伯特·朗兰兹（Robert Langlands, 1936—），加拿大裔美国数学家。通过一系列的推测和分析，罗伯特·朗兰兹发现了与涉及整数的公式有关的不可思议的对称性，发展了一项雄心勃勃的革命性理论，"朗兰兹纲领"，意在将数学中的两大分支数论和群论之间建立了新的联系。

确性为前提的论文吧？"

"是、是的，见笑了。"

"不、不，你不需要谦虚。虽说你的理论是在假设的前提下写的，但是对数学的发展来说，也是非常重要的。因此，请你继续研究下去吧！类似'假设××猜想是正确的，那我的命题是否就……'这样的。"

发表过此类论文的数学家们都松了一口气。

"只是，如果不从其体系的根本性命题开始证明，再阐明其猜想和定理的正确性，就好像在没有脚手架的工地上持续施工一样。总之，必须尽快证明'谷山—志村猜想'。"

"明白了！"

这次的尝试和呼吁被人们称为"朗兰兹纲领"，并引起了世界性的共鸣。

数学家们把焦点放在了"谷山—志村猜想"上，而费马最终定理在数学界的话题好像被人们遗忘了一般。不，更夸张地说，甚至有人开始担心，是否会有像费马最终定理一样令人"倒胃口"的课题混杂在"朗兰兹纲领"中。执着了三个半世纪都未能解开的定理混杂进来，那么统一数学发展的梦想就会化为泡影。

就如扬扬止沸一般，费马最终定理被人们故意掩埋在了黑暗之中。

就在这时……

1984 年，弗雷[1] 的发言震惊了整个世界。

"如果'谷山—志村猜想'是正确的，那么费马最终定理自然而然也是正确的。"

巨大的冲击在全世界蔓延着。这也是理所当然的，一直以来被认为是完全不同领域的未解决的两大猜想，实际上是同样的问题。不过悲观主义的人们倒是受到的更为严重的打击。

"如果'谷山—志村猜想'和无法被证明出的费马最终定理是相同的，即'谷山—志村猜想'也就无法被证明。也就是说，以此为依据的其他理论全部不成立，全盘结束！在 21 世纪到来之际，数学的发展也就终止了。"

另一方面，相信这些猜测能被证明的人们，发出了喜悦的欢呼。

"证明出费马最终定理的时刻，也终于到来了！"

总之，让我们把目光转向提出费马最终定理等于"谷山—志村猜想"这一主张的弗雷身上吧。

"$x^n + y^n = z^n$，假设 n 大于 2 以上的整数时，则存在满足此公式的正整数 x、y、z。也就是说，假设成费马最终定理不成立。"

"是的。"

"将其解 x、y、z 设为 A、B、C 吧，那么 $A^n + B^n = C^n$ 则成立。"

---

[1] 弗雷：格哈德·弗雷（Gerhard Frey，1944—），他提出"弗雷命题"，即如果有人能证明"谷山—志村猜想"，那么他们也立即能证明费马最终定理。

"您说得对。"

"将它变形，大家看好了，就变成 $y^2=x^3+A^nx^2-B^nx^2-A^nB^n$ 了，刚才的变形过程没问题，对吧？"

弗雷一边抚手一边掸去粉笔灰，继续说道。

"那么，大家应该能看出，这个方程式是'椭圆曲线'的形式吧？也就是说，若费马最终定理不成立，那么 A、B、C 就有解。此时，上述椭圆曲线是存在的。"

"哇，确实如此。"

在我旁边一起听着的弗雷的同窗大声说道。

"那……这个'椭圆曲线'不就过于特殊而构不成'模形式'了吗？"

"也就是说……"

"是的，接下来就如您推测的那样。"

台下传来一片嘈杂声。

"那么，根据逆否的关联性，如果'谷山—志村猜想'是正确的，费马最终定理不也就……"

"是这样的吧？小河先生。但是，这可是了不得的事啊，会有不少人在天堂懊悔吧。"

"如果能早点得出这个结论，事情就会有转机吗？"

"嗯，或许吧。不管如何，都是一件重大的事情啊！"

弗雷继续假设费马最终定理不成立，结果得出了"谷山—志村猜想"也不成立的结论。即如果"谷山—志村猜想"是正确的，那么费马最终定理无疑也是正确的，数学上将其称为"逆否关系"。根据"原命题与其逆否命题的真假性是一致的"这一原理，如果"谷山—志村猜想"是正确的，那么费马最终定理也是正确的。

此次发表震惊了整个世界，可谓数学史上的大事件。

但遗憾的是，在弗雷的主张中，有一处连外行人都能发现的明显错误，因此很多人努力地想要纠正它，但这个障碍难以跨越。就这样又过了两年，弗雷的理论仍未得到完善。

就在此时，美国的里贝特①和梅祖尔②站了出来。自弗雷的主张发表以来，一直因此难题而备受困扰的里贝特，在梅祖尔那里受到一些启发后，难以置信地一下子证明成功了。因此，弗雷的主张终于得以完整。至此，可以完全证明出费马最终定理等同于"谷山—志村猜想"这一主张。这是发生在 1986 年晚夏的事情。

但是，这并不意味着"终结"，倒不如说是一个新的"起始"。现在，仅能确定如果"谷山—志村猜想"是正确的，那么费马最终定理也是正确的。但如何解决这两个猜想，尚无任何头绪。

①　里贝特：肯·里贝特（Ken Ribet，1948—），美国数学家，他证明"弗雷命题"，即费马最终定理与"谷山—志村猜想"之间的确存在关联。

②　梅祖尔：巴里·梅祖尔（Barry Mazur，1937—），美国数学家，也是怀尔斯关于费马最终定理论证论文的审稿人之一。

虽说如此，但"谷山—志村猜想"和费马最终定理的相互联系，无论是在数学的发展史上，还是在长达三个半世纪的费马最终定理的证明历程中都是出人意料的大转机。事实上，由此人们的"绝望感"也日益增强。

"果然如此，难题都堆积在一起了，不管哪个都肯定是无法证明出来的啊！"

"小河先生，小河先生，是我啊！把费马和谷山丰相加除以 2 的就是我啊！"

啊！

是梦啊。

两大猜想都不成立。可想而知，数学研究也就到此为止了。

不，这绝对不可能！如此完美的定理怎么可能是"伪定理"啊？

↓

2009 年初秋，东京

进入 9 月，入夜天气明显变凉了。

香织身着一件白色的长袖衬衫，在由实酒吧昏暗的灯光中散发着妩媚的光芒。

"久等了！香织。"

"终于到怀尔斯^① 博士登场了。"

香织用手指轻轻拨弄着玻璃杯上渗出的水珠。

"正如你说的那样。"

"是个漫长的过程呀。"

"不，接下来才是重头戏呢。"

"呼——"想到接下来要谈论怀尔斯博士的伟业，香织深呼了一口气，像是鼓起了干劲似的。

"关于怀尔斯，我也只是略知一二，愿闻其详。"

老板端着啤酒走过来，加入了我们的话题。

多年后，只有一个人敢毅然决然地直面费马最终定理，他就是英国的安德鲁·怀尔斯。1963 年，10 岁的怀尔斯在图书馆第一次与费马最终定理邂逅。

"我要成为数学家，证明它！"

费马最终定理俘获了这个 10 岁少年的心。不！倒不如说正因为

---

① 怀尔斯：安德鲁·怀尔斯（Andrew Wiles，1953— ），英国数学家，费马最终定理的"终结者"。

他是 10 岁的少年，所以有股初生牛犊不怕虎的勇气吧。

此时的数学界对费马最终定理很"冷淡"，大多数 30 到 40 岁的数学家认为，现在不是研究费马最终定理的时候。研究更加尖端的数学成了当时的主流。

"也就是说，除了单纯的少年以外，费马最终定理无人问津。"

"原来如此。那怀尔斯从 10 岁就开始研究费马最终定理了？"

"不，可想而知那是不可能的。他是大学毕业后成为正式的研究者才开始研究的。"我伸出手在面前挥了挥。

"但是……"香织说着，她的眼睛也如同 10 岁少年那般闪闪发光。

"我想，身为研究者的他并未一直想着去证明，虽心中怀着这样的理想，但只是过着平淡的研究生活。在去志村所在的普林斯顿研究所当教授时，成了在'椭圆曲线'方面世界级的研究者。"

"果然还是致力于研究与费马最终定理有着密切联系的'椭圆曲线'的研究啊！"

"椭圆曲线"一词从香织的口中说出，说得是那么自然，差点就被我忽略了。

"啊！香织，厉害啊！连这个你都知道啊。"

老板的这句话让我突然回过神来。这才注意到，能从香织口中听到"椭圆曲线"这个词，确实很了不起。

"因为我也很认真地在读那本书嘛！"香织笑着说。

"虽然，从结果来看是那样。但怀尔斯先生在开始研究'椭圆曲线'时，恐怕料想不到'谷山—志村猜想'与费马最终定理会有什么关系吧！"

"原来是这样啊。那么，他真正开始致力于研究费马最终定理是什么时候啊？"

"从里贝特先生将'谷山—志村猜想'等同于费马最终定理那一瞬间开始。"

"怀尔斯是受到了命运的驱使吧。"

香织闭上了闪烁发亮的双眸说道。

"听说，他和同事聊天的时候突然听到这个消息。据他本人描述，仿佛受到了'触电般'的冲击，回家后立即做了一个研究专用的阁楼。"

怀尔斯受到巨大的冲击也是不无道理的。

10 岁的时候与费马最终定理的邂逅促使他走上了数学家的道路。但是，他没能如愿以偿地直接研究费马最终定理，而是一直在研究想不到竟然与费马最终定理有关联的"椭圆曲线"。证明出与"椭圆曲线"相关的"谷山—志村猜想"这一命题就等同于证明出费马最终定理。这一冲击性的事实传到了怀尔斯的耳朵里，像香织说的那样，他是受到了命运的驱使。

此时的怀尔斯想起了 20 多年前的自己，临近梦想实现的"喜悦"和距离目标实现尚需征途的"哀愁"，交织充斥在他的脑海里。但是，只能放手一搏。他下定决心，断绝与一切事情的联系，耗费一生，一心投入到"谷山—志村猜想"的证明中。换句话说，也就是证明费马最终定理。

"到底是为了什么而选择走上数学家这条路呢？不，到底是为了什么而来到世界上呢？对！就是为了解开人类奋战了三个半世纪的'超级难题'而来的。"渐渐地、渐渐地，直到此刻，他才终于容许自己这么想。

不难想象，接下来将会有多么难以忍受的艰难和困苦在等着他，但怀尔斯没有丝毫犹豫和迷茫。

"前进！怀尔斯！"

"听说他的妻子也知道挑战费马最终定理是一件多么艰难的事情，但两人好像下了相当大的决心。"

"追求梦想的人和支持他的人生伴侣，真是一段佳话啊！"

其实，下定决心挑战费马最终定理这件事情他对同僚只字未提，知情者只有他的妻子。

说起原因，一方面是他单纯地想凭借自己的力量去完成，通俗地说是想让它成为自己的成果，这种想法十分强烈。另一方面，他想，如果被他人所知，就会产生各种各样的传言和揣测，也会被问到进展状况，周围就会变得纷杂不堪以至于无法集中精力去做研究。

"毕竟是'从 10 岁开始的梦'，一定要好好地珍惜啊！"

"梦想啊……真好啊！"

"哎呀，你的梦想是成为数学家，不是吗？"

"是不是在笑话我？"我有些闹别扭地把脸转向一旁，香织却露出一副极其认真的表情看着我。

"这么狂妄的想法，对我来说太……"

"你在说什么丧气话啊！来！给。"

香织把一个用藏青色纸包装着的方盒子塞在我的手上。这个精致的方盒子里是书吧？从这个重量来看的话又有点轻。到底是什么呢？

"作为你送我费马的书的谢礼，我猜你一定很想要，但又因为太贵舍不得买吧！嗯。"

香织的礼物是 CD 版的《数学辞典》。原来，香织之前问我"CD已经买了吗"指的是这个啊。

"谢谢你，香织，我真是太开心了！"

"这个也顺便送给你，是之前去神社采访时求的。"

香织一手拿着一支未开封的神签："要哪一个？"她让我选。

"那我就要这个咯。"香织说着打开剩下的那支签一看，小声地说着，"来吧，上上签。"

"打开看看嘛。"

我微笑着点点头，看着香织打开神签，轻轻地用手指翻开签的边缘。

"是中签。"

"太好了！我的是上上签。"

香织把手在胸前一挥，摆出一副胜利的样子。然后得意扬扬地举着上上签在空中挥舞。

"啊，这上面说我的学术运很旺哦！"

"香织，你关心的恋爱运呢？"

我担心着道："老板，这下手巾又该飞过来了。"

"这上面说'与专心研究者有缘'呢。"香织的目光一直没有离开神签，带着稍不留神就会忽视的微笑小声说道。

总觉得香织和老板以前好像背着我偷偷地讨论过这个礼物的事情。用老板的话说，香织的担心总是格外现实，说句不好听的是没有"消遣心"，好好说其实是真正为对方着想。那次，香织看见我在打工的书店里拿着 CD 版的《数学辞典》，似乎就去问了老板"那是什么"。老板推测，如果说是数学书架上的 CD，就应该是《数学辞典》。

因为我想要快点试试这个《数学辞典》，今天就提前散了，满心欢喜地回家了。我迫不及待地把《数学辞典》安装到了电脑上，把网络上查不到的单词复制粘贴到《数学辞典》的搜索框里，就能看到详细的解释。

"哦！耶！这样一来我的研究就能加速了！"

我"厚颜无耻"地想，此时的我就像听说"谷山—志村猜想"就等于费马最终定理时的怀尔斯博士一样啊。沉醉于《数学辞典》，而忘记了时间的流逝，也忘记了给香织和老板发一条感谢的短信。

　　我就那样趴在桌子上睡着了。那大概是黎明时分吧，我抱着 CD 版的《数学辞典》去见怀尔斯了。

1986 年，普林斯顿

怀尔斯在家中腾出一个专用阁楼间，在那里专心做研究。如果只是不想被他人所知，他大可不必做到如此程度，但若要与世隔绝地专心研究"谷山—志村猜想"，那么这样的环境就是必不可少的了。要说数学研究，一般来说，是人们相互之间提出各种想法，共享发表成果来推进其发展的，怀尔斯却与当时的风潮完全背道而驰。

怀尔斯开始与不久前还保持联系的研究团队及友人断绝联系，不久，便传出了风言风语。

"怀尔斯那家伙，最近怎么回事啊？既不来研究会，也总是避开公事，到底在做什么呢？小河先生，你应该知道怀尔斯先生的近况吧？"

"也就偶尔见过几次，我也不是很清楚。是不是生病了？"

"看来他还是钻到'椭圆曲线'这个死胡同里了，但该做的还是要好好做啊。"

"他仍照常来学校，也正常上课，用不着担心。"

"下次见面时，记得告诉他偶尔也要出来和大家碰个面。"

虽说在预料之中，可到了这一地步，还是有必要掩饰一下来缓解目前的状况。

"怀尔斯先生。"

在阁楼的房间里，我站到坐在桌前头也不抬的怀尔斯的身后向他搭话道。

"还是无法证明！"

"原来如此。"

"该怎么办？"

"办法倒是有一个。"

怀尔斯从桌子抽屉里大把地抓出五六本笔记本。

"什么呀？"

"看，这是之前打算发表的论文，现在把它一点点地公开。"

怀尔斯为难地挠了挠头发，坦白道。

"是关于'椭圆曲线'的大论文吗？"

"嗯，其实在两大猜想一致论出来之前差不多完成了的，就等着整理完发表。"

"但是，'椭圆曲线'这不太好吧？大家会不会察觉到你在研究'谷山—志村猜想'？"

"那个没关系，毕竟我也一直在研究'椭圆曲线'呢。"

不愧是天才，将才能用在了每一个地方。就这样，怀尔斯将酝酿许久的论文一点点地公开，成功打消了朋友们的疑惑。

但通往成功的证明之路上又会发生什么呢？

当怀尔斯选择在阁楼闭门不出时，曾这样说过："完成证明，至少需要 10 年时间吧。再说，目前也无法立刻着手证明。要将冗长的证明过程写成大论文，恐怕要 200 多页，但在这之前，更要学会与'椭圆曲线'和'模形式'相关的最新知识，掌握其技巧啊，光掌握这些知识也需要数年时间啊！"

　　但令人吃惊的是，怀尔斯仅花一年半的时间就完成了"最新知识与技巧的学习"，便很快进入着手证明阶段了。

　　"进展还顺利吗？"

　　"嗯，总算确定好方针了。"

　　"方针？"

　　"就是以哪种证明方法为核心来研究。"

　　我揣测着怀尔斯想要说什么。

　　"大家应该都知道，叫作'归纳法'的。"

　　"那个我也知道！曾经稍微想过会不会是'归纳法'。以无限的存在为前提来证明时，也只有'归纳法'或'反证法'了，对吧？"

　　"噢，不错嘛！"

　　怀尔斯所提到的证明"谷山—志村猜想"的方针，指的就是，能否采用"归纳法"来证明无限存在的"椭圆曲线"和同样无限存在的"模形式"间总有着"一对一"的对应关系。

　　至此为止，挑战过"谷山—志村猜想"的大多数数学家想证明出某个"椭圆曲线"的系数与其"模形式"的系数是一致的，进而证明另一个"椭圆曲线"的系数与其"模形式"的系数也是一致的。虽然这是个准确易懂的方法，但最终要怎样才能查找完无限存在的"椭圆曲线"和"模形式"呢？数学家们仍然无法攻破这道壁垒。

　　不过，怀尔斯却选择了另一种方法。

首先，证明"椭圆曲线"的某一个系数与"模形式"中的某一个系数是一致的，接着确认下一个系数。就这样，如果能证明第一个系数的一致性，并以此为前提证明出第二个系数也具有一致性，即能够通过"归纳法"来证明这个难题。

也就是说，按照以往的方法，数学家们因不能给"椭圆曲线"的系数排序而无法使用"归纳法"。但按照怀尔斯的方法，则可以通过给"椭圆曲线"的系数进行清楚"排队"，从而可以使用"归纳法"来证明。实际上，在怀尔斯的不懈努力下，证明出"椭圆曲线"的所有系数中的第一个系数与"模形式"的所有系数中的第一个系数具有一致性，接下来只要证明出按某种顺序排列的下一个系数间也具有一致性即可。

"怀尔斯先生，你的这个想法是从哪里得到灵感的呢？"

"'伽罗瓦理论[①]'哦。"

"你说的伽罗瓦先生，是不是那个在 20 岁时因为感情纠葛与别人决斗而去世的法国数学家？"

仅 10 多岁就崭露头角，拥有罕见数学天赋的伽罗瓦，在 20 岁时卷入一场国家阴谋，固感情纠葛与他人决斗时不幸身亡。

---

① 伽罗瓦理论：是用群论的方法来研究代数方程的解的理论。其创始人是埃瓦里斯特·伽罗瓦（Évariste Galois，1811—1832），伽罗瓦用群论彻底解决了根式求解代数方程的问题，并且由此发展了一整套关于群和域的理论，他的理论成为了怀尔斯证明"谷山—志村猜想"的重要基础。

"对、对。真是太可惜了啊！"

"如果伽罗瓦先生还在世的话，说不定会被他抢先一步证明出费马最终定理呢！"

"或许吧。"怀尔斯笑着说道。

"对了，您刚提到的'伽罗瓦理论'是什么啊？能大致告诉我吗？"

"嗯，可以的。比如说，来思考整数这个'群'吧，将整数相加得出的一定还是整数，对吧？"

"是的。"

"如果是相乘呢？"

"自然还是整数啊。"

"那么，相除呢？"

"原来如此。存在除不尽的可能，所以结果不一定局限于整数呢！"

整数这个"群"在进行加减法和乘法相关的运算时，其结果仍为整数，也就是和其原"群"属于同一性质。但进行除法运算时并不局限于这种情况。虽并没有像整数这样构造简单，但怀尔斯仍选择了这样一个方针。即根据上述性质，将"椭圆曲线"分类成能看出同类性质的"群"，再逐个调查其"分解群"。

"原来如此！这样一来，只要证明出分解出的群是有限的，就能解决必须无限进行调查这一难题了呢！"

　　怀尔斯的方法到第一步为止进展顺利，但对于"椭圆曲线"的证明仍是杯水车薪。总之，以某个系数是一致为前提来证明下一个系数也是正确的，这始终无法实现。

　　在证明费马最终定理时，虽然也有很多人尝试各种方法，但由于这些方法本身就行不通，最终未能完成证明。但如今证明"椭圆曲线"时，至少怀尔斯的证明方法像是正确的，仿佛置身迷宫中找到了正确的道路一般。即使知道这是正确的道路，之后要继续前进多久呢？继续走下去真的能走出这个迷宫吗？一切仍陷于迷茫之中。

　　"这可真是够呛啊！但现在也不能半途而废。"

　　怀尔斯试着将自己证明出的数论的重要成果——"岩泽理论"应用在"椭圆曲线"的证明上，结果仍是徒劳一场。

　　就在这时……

↓

2009 年初秋，东京（二）

"一起去吃暖暖的炖牛肉吧？"今天的午饭按照香织的提议，决定去地下那家别致的店。这家店似乎只有老爷爷一个人在经营，上菜速度比较慢。但冒着热气的炖牛肉使身体迅速暖和了起来。

"研究伙伴们好像被吓得不轻呢。"

我撕着和炖牛肉搭配的面包，开始了怀尔斯的话题。

"那肯定的，毕竟他 5 年都没怎么出来见人了。"

怀尔斯虽有意与外界断绝联系，坚持独立研究，但想着要引进最新的研究成果，打破研究的僵局，他还是决定出席久违的国际会议。1991 年夏天，他得知要在波士顿召开聚齐了研究"椭圆曲线"专家的学术会议，决定前往参加。

"他好像在那里与昔日的恩师重逢了吧。怀尔斯当时说：'如果有新成果或者是有关话题的话，我一定要学到手'。恩师跟他介绍说：'我倒是有这么一个有趣的理论'。"

"难道他知道这个理论对阐明费马最终定理会起作用？"

"不，不，怎么可能！他的恩师根本就不知道怀尔斯在研究费马最终定理，似乎怀尔斯自己也没有想到，这个理论居然对研究费马最终定理会起作用。"

炖牛肉里的牛肉香软黏稠，入口即化。"这家店的东西真好吃啊！"听我这么一说，香织一脸得意地笑着说："这可是我压箱底的店呢！"

"对了，"香织好像想到什么似的，"刚才说的那个理论是他恩师的另一名学生发现的来着？"

　　"是，是一位名叫弗莱切的优秀学生发现的。"

　　被称作"科利瓦金—弗莱切方法"的理论正是怀尔斯打破困境的有效途径。

　　回到普林斯顿的怀尔斯，为了能加深对这个理论的理解，立即开始了研究。他一边完善一边扩充此理论，并灵活应用，使这一方法从某种特定的"椭圆曲线"可以进一步扩展应用到更普遍的范围，使"归纳法"有效地发挥了其作用。并且，如果所有类型的"椭圆曲线"都能够应用"归纳法"，怀尔斯就能用他所构想的方法来完成"谷山—志村猜想"的证明。

　　在阁楼完成建造即将过去 6 年时，怀尔斯的研究开始加速，借助"科利瓦金—弗莱切方法"进行研究，终于走向了终点。

　　但此时，怀尔斯谨慎了起来。

　　"到底是聪明人啊，因为'科利瓦金—弗莱切方法'才发表不久，拿本身也还没有得到广泛认可的理论做依据这样合适吗？他抱有这样的疑问。"

　　"所以，他首次向同事提出了合作。"

　　香织拿纸巾擦擦嘴角然后猛地伸出食指说道："对，他选中的对象就是同事凯茨① 教授。"

---

① 凯茨：尼克·凯茨（Nick Katz，1943— ），美国数学家，在安德鲁·怀尔斯秘密论证费马最终定理的过程中发挥重要作用。

"他也挺光荣的呀！一直是孤身奋战的怀尔斯，最终指名凯茨当自己的搭档。"

"据说当怀尔斯吐露研究实情时，凯茨完全被吓到了。怀尔斯说的并不是'现在开始着手研究，你来一起研究一下'而是'"谷山—志村猜想"似乎可以证明，最终的验证需要你的协助'。"

这也情有可原，因为证明"谷山—志村猜想"也就是证明费马最终定理。因此，凯茨完全没有理由推辞此提议。

"能参与见证世纪级难题被解开的重要时刻。"

仅这一点就足以让凯茨动力十足。两人最终想要验证的是"科利瓦金—弗莱切方法"应用的那部分，从而再次确认此理论的应用是否完全正确。

"想起来了，他俩出的馊主意。"

大数学家们经香织转述，都变成诡计多端的人。但我不想打断话题，只能默默地点了点头。

"设了个骗局嘛。"

"是的，怀尔斯和凯茨预想着，仅是检查的最终阶段恐怕也要花上 1 年的时间。事到如今，既然不能在研究室偷偷摸摸地做研究，倒不如在课堂上光明正大地讨论，是这样的吧？"

"'光明正大'这个措辞有点不恰当吧？"

"也许吧，他们设计了一个阴谋。没有直白地说授课内容是'谷山—志村猜想'，只说是与'椭圆曲线'相关的一些内容来聚集研究生们。当然，凯茨也是听课人之一。可由于内容太难，学生数立刻减少，没过多久只剩下凯茨一个人了。'凄凉'的结局……"

"如此一来，就能神不知鬼不觉地大方地做自己想做的事了。"

这个计划非常成功。怀尔斯就在对费马和"谷山—志村猜想"只字不提的情况下，净是讲解关于"椭圆曲线"难以理解的内容。于是，听不懂授课内容的研究生们只好放弃。最终，此课程摇身一变，以凯茨怀疑怀尔斯的讲解是否有缺陷为由，至此告一段落。

耗时 1 年，在再三严谨的论证下，终于迎来了最后一组"椭圆曲线"证明完成的日子。

那是发生在 1993 年 5 月末的事情。

1993 年，剑桥

接下来，只需将其整理为论文再发表出去，一切就尘埃落定了。

在 6 月底，将在怀尔斯的故乡剑桥举行一个"椭圆曲线"专家会议。这一消息传到了他的耳朵里。

"太好了，无论如何也要赶上！"

虽然怀尔斯只剩下一个月的时间，但他还是快速地着手准备了。他向事务局申请论文发表时，为了不让人们察觉他即将发表的论文费马最终定理相关，就做出一副要发表的论文是关于"椭圆曲线"的样子，想在当天让大家大吃一惊。但是，聚集在此的预定成员中，有人察觉到怀尔斯好像有什么重要的发现要发表，或许这项发表是证明"谷山—志村猜想"，也就是说可能是费马最终定理的证明。

怀尔斯的发表分为三天进行。

第一天，从怀尔斯发表的内容来看，虽然会场散播着"此发表可能与'谷山—志村猜想'相关"的小声议论，但只有那些感觉敏锐的人真的觉得有点不对劲儿。当天晚上，这一消息就通过电子邮件传开了。

听到此消息的人也闻讯赶来，第二天的听众更多了。怀尔斯依然没有提及"谷山—志村猜想"。但是，第二天发表结束时，听众们好像已经确信明天会是个见证奇迹的时刻。

终于迎来了最后一天。

对怀尔斯完成这项证明给予帮助的里贝特、梅祖尔、科利瓦金等和提供过意见或有重大发现的人都聚集在会场。大家都屏住呼吸，对那个历史性时刻的到来拭目以待。

虽说是数学家们齐聚在此，但由于内容过于复杂，所以能详细理解的人不多。总之，大家都望眼欲穿地等待怀尔斯的发表。仿佛在等"至此，费马最终定理得以被成功证明了"这一句话说出的那一刻。

这一时刻终于到来了。

"我的发表就此结束。"

数不胜数的数学家，包括业余人士在内持续挑战了三个半世纪的历史难题，至此画上了句号。会场里爆发出经久不息的掌声。

"太厉害了！太令人震惊了！"

"里贝特先生，谢谢你。要不是你把费马最终定理和'谷山—志村猜想'联系起来，也不会有我今天的成就啊！"

"相反，你也不会如此苦恼了……"

里贝特微笑着拍着怀尔斯的肩膀。

"嗯，现在的心情，一言难尽。像失去了什么似的，心里空空的。"

"下一个，轮到我发表了。但已经无所谓了。"

虽然里贝特逗趣着，但他好像是从心底里为怀尔斯的成就感到开心。

是啊，结束了。数学家们持续了三个半世纪的艰苦奋斗……

费马最终定理被证明出来了，这一消息登上了报纸、电视新闻等头条，转眼间传遍了整个世界。东大的志村也不例外，并且，志村应该会在即将到来的盂兰盆节将这一消息传达给在天堂的谷山吧。

一夜成名的怀尔斯和他周围的人却不能尽情地享受快乐。因为更严格的论文审查还等待着他们。审查怀尔斯论文的工作交由以里贝特为首的 6 位研究"椭圆曲线"的专家来负责。通常是不需要这么多人的，但正因为这是一件大事，所以需谨慎对待。将 200 页左右的证明分成 6 个部分，每人审查自己所负责部分论文的正确性。其中，"椭圆曲线"的专家凯兹也被选为审查人员之一。怀尔斯和他的妻子在家中一直关注着审查的动态。

"真让人紧张啊！亲爱的。"

"嗯，说简直要怕死了也不为过啊。"

"但是，已经检查了无数遍，不会有什么问题的。"

"啊！有传真，是凯兹传来的。什么？什么？他说第 28 页最后段落的衔接有点问题。"

怀尔斯慌忙浏览了一下论文。

"的确存在错误，不过是输入失误，直接跳过了一行，这下没问题了。"

怀尔斯松了一口气，他的妻子却惴惴不安起来。

"真的没问题了吗？"

"噢！又来了。这是把 M 系列和 E 系列的 M、E 弄反了。也不算什么大问题。"

　　6位审查员发来的传真内容，基本上都是些微不足道的问题，立即将其订正就好了。那天，就一直反复着这样的订正。

2009 年锦秋，东京

秋高气爽，阳光明媚的一天。迎来了久违的周日休息，我受到香织的邀约，来到了奥多摩。一直呼吸的是都市的空气，此时漫步在逐渐变红的树叶间，连体内的细胞都变得活跃起来。

"充足的负离子真舒服啊！偶尔出来走走也挺好的。"

"加上和我一起就更完美了，对吧？"

香织戏谑地说道，窥探着我的脸色。

我有点害羞地抬起头。阳光透过树叶的缝隙忽隐忽现，时而有几束细长的光线照射到地面。

"怀尔斯，如果不是一直宅在阁楼里，会不会更早一点就完成了证明啊？"

恰好站在那束光线下，香织抬起手遮挡住那刺眼的光，望着天空。

"也许吧，但是，从阁楼里出来，一举成名也是一种趣味。"

"成名浴？"

"哈哈，了不起！了不起！香织，这里的'欲'不是'淋浴'的'浴'，而是'想要'的'欲'啊。"

怀尔斯并不是因为这种"欲望"才去证明费马最终定理的，这点我和香织都十分清楚。

"可是，在审查其证明过程中，发现了一个重大的缺陷吧？"

我想，好不容易出来放松一下，香织会不会讨厌聊数学的话题，所以我尽量避开不聊。没想到，香织自己却主动提及，这让我感到很惊讶。

"是的,不是像之前那样细小的问题,而是难以轻易修复的重大问题。"

"我肯定是理解不了的。不过那个缺陷到底是什么啊?"

"具体的内容我也不太明白,之前怀尔斯和凯茨开过一个'虚假'的讲座,对吧?说是在那个讲座上慎重讨论过的部分,经过重新探讨后,发现逻辑不通。"

香织故意挑能发出声音的枯叶踩着。于是,我们每往前走一步,都能听到被踩碎的干枯树叶发出的"咯吱咯吱"的清脆声。

我们走到了一个稍微开阔的地方,那里有一张长椅。很自然地走过去,准备在这里休息一下。

"但是,凯茨当时不是赞同了吗?"

"话虽如此,可是,好像据凯茨本人说,他当时认为不能妨碍怀尔斯的工作,如果提问过多可能就会给整个体系的说明造成麻烦,因此抑制了自己。"

"有点像借口,哎,只是单纯地看漏了吗?"

"也许是吧,不过,我好像能理解当时的情况。"

果然,在怀尔斯一直担心的"科利瓦金 – 弗莱切方法"的应用部分上出现了重大的缺陷。

"这不是能简单修复的问题。"

怀尔斯和凯茨一致认为。

6 月的发表已经过去快 4 个月了。因为这是一篇庞大的论文，不仅是数学家们，所有人都预料到审查需要花费大量的时间。但是，"再怎么说 4 个月也太久了吧"！开始有人对怀尔斯的证明产生怀疑。

当然，对于"重大缺陷"，已向 6 位审查员做了报告，只是在做出正确与否的判断前，暂缓对外公布。"怀尔斯先生，无论如何请尽早解决。"但是，尽管做了很多努力，还是没能将缺陷修复。

数学家们的揣测肆意蔓延。"费马最终定理的论证又是一场空！"流言在世界范围内流传开来。

几个月前刚成为英雄的怀尔斯，转眼间，又被推下地狱，离地狱底端仅一步之遥。

"如果你是怀尔斯，你会怎么做？"

离我们不远处，传来了孩子们的嬉闹声。有两个男孩儿好像在玩投接球的游戏，我们的目光很自然地追随着球。于是，我琢磨起了怀尔斯当时的心情。

"怎么说呢？我实在无法想象我会处于那种情况，也没想过该怎么办。但是，我想，我一定会被吓得面如土色、手足无措吧。"

"的确，世界的英雄一下子沦落为骗子了呢。"

"如果是我，我可能会想，既然已经公布了，就不能像之前那样继续秘密地进行研究。说不定，能通过其他人的想法唰唰地就把问题解决了呢。"

"你的意思是，如果有谁能来帮忙，哪怕只有一半的荣誉也好？”

　　但是，尽管这样，怀尔斯还是想凭借自己的力量去解决。倒不是因为怕被别人抢走自己的成果，而是他认为，除了花费 7 年心血，一心钻研费马最终定理的自己，应该没有人能修复这个缺陷。

　　的确，这是事实。

　　“如果高中时听到这种话，要么会被这种浪漫情怀所吸引，好好学习数学；要么来个大反转，说句‘数学世界，原谅我与你无缘’。不管哪一个都是一种极端吧。”

　　“我应该会选前者吧。”

　　“唉！”

　　一个看着小一点像是弟弟的男孩，没接住球，球滚到了这边。香织起身捡球时说了下面这句话，我一瞬间以为是我听错了——香织把球还回去时，对着我说：“先不说浪不浪漫，你不觉得我们学的数学真的太枯燥了吗？总之，就是强记公式、死记问题的模式，像机器人一样拼命地与考试计算做斗争。难道不就只是入学考试选拔人才的工具吗？”

　　香织所言极是。

　　我点点头，等着香织继续往下说。

　　“即使不太了解内容，但世界上的数学家们花了三个半世纪来挑战这么简单的问题，这样一段传奇比单单记住一个公式有趣多了。”

　　我感到很惊讶，我竟因为香织的几句话而这么开心。

"对了，你之前说过的，任一大于 2 的偶数都可以用两个质数相加的和来表示，那个也还没解决吧？不过，现在中学和高中的教材上完全没有提到。尽是函数、方程式之类的，没有一点能让人觉得数学有趣的东西，难怪越来越多的孩子讨厌数学。"

我也是这么想的，香织！

"我弟弟在当地中学当老师。虽然他学的是自然科学，但因为是乡下，老师不多，所以他也教数学。之前，我和他聊过一些和费马相关的内容，他说也挺感兴趣，但没深入研究，所以我把我买的那一本送给他了。"

"那对他应该有用吧？"

"他好像立刻就开始读了。我们现在聊的，我和弟弟也有提到过，听他说，讨厌数学的孩子有很多。所以跑来跟我说：'姐，给我编一本能让中学生喜欢上数学的书吧！'。"

不愧是香织的弟弟啊，很有想法。我的内心涌起一股暖流。

"你……能够编出来吗？"

我看着香织的脸，那是一副至今为止从未见过的极其认真的表情。我不太明白香织的意图，只是怔怔地张着嘴，感到十分惊愕，一时不知说什么。

"喂！你在听吗？"

"听是在听……"

"我在问你，你能不能写书？编辑的活儿交给我就行了。"

　　"不是，那……你看啊，再怎么由你来编辑，让我写书这也不大可能吧……"

　　"我倒是认真的呢……"

　　那天晚上回到家后，我一直在想，即使写不出专业性的内容，但可以写作为外行才能写出的内容，也就是数学的另一面，十分有趣的数学。让像我一样的普通人来了解与学校的数学教育完全不一样的数学。这样一本书，如果我认真努力地去写，也是可以写出来的。

　　"香织，谢谢你，真的，真的，谢谢。"

　　在一个人的房间里，我真挚地向香织道谢。

　　最初只是在听我聊数学的香织，现在已经变成我探究费马最终定理的道路上不可或缺的同伴。

1994 年，普林斯顿

1993 年 12 月初，秋天已过。怀尔斯在聚集了数学家的告示板上，通过电子邮件亲笔写道："之前我的证明中存在一个缺陷，现在正在修复中，虽然这个缺陷相当棘手，但我会在 2 月召开的普林斯顿大学的会议上发表完整的证明。"

善意的理解和恶意的揣测都有，各种各样的猜测和传言闹得满城风雨。

但是，目前唯一能平息这场混乱的办法是：修复完这个缺陷并发表。审查员们在这期间也一直紧张地关注着事态的发展。

不过这次，有些数学家开始说："暂且公开怀尔斯的论文吧，让大家一起修复这个缺陷。"的确，在这 6 个月期间除了审查员以外没有人接触过这篇论文，有人提出这种意见也是理所当然的。因此，如果能够顺利完成这项证明的话，对于数学界来说是最好不过了。但是，怀尔斯固执地拒绝了这个提议。他并不是想独享荣誉，而是坚信，连作为专家的自己都如此难解的缺陷，外人更是不可能轻而易举就解出来的。恐怕只有让这场混乱继续蔓延下去了。

这个判断看来是正确的。

数学是一门严谨的学问。

仅仅因为一处存在缺陷，其他部分不论再怎么完美它的价值都不会被认同。虽说如此，可是，不论怀尔斯累积了 7 年的成果是多么重要，一处有了缺陷一切努力就都付诸东流了。

结果，在约定的 2 月的会议上，怀尔斯因没有赶上修正缺陷的发表而受到了更强烈的攻击。

随后，怀尔斯向普林斯顿大学数学系的同事萨克说明了情况后一起商量解决办法。最终，怀尔斯叫来了身为审查员之一的自己的学生泰勒，两人便开始了研究。但没能拿出任何成果，直至春天的某一天……

"怀尔斯，不得了了！"

听到了荒唐的传闻，我一下飞奔到了怀尔斯那里。

"怎么了？小河先生？"

"听说找到了费马最终定理的反例。"

"啊？怎么可能？那……是什么样的反例啊？"

"那个目前还未公开。"

如果真有此事，那三个半世纪的研究将被白白断送，这是一件不得了的事。

哪怕是一个反例。例如，只要存在一组满足 $x^n+y^n=z^n$（当 n 是大于2的整数）的正整数 x、y、z 的话，即可将费马最终定理确定为"伪定理"，"谷山—志村猜想"亦然。没错，大家会认为怀尔斯无法完成证明也是因为费马最终定理本身就是"伪定理"所致。

这个传闻同当时怀尔斯证明出费马最终定理一样，震惊了数学界。但怀尔斯十分冷静，因为他坚信费马最终定理是正确的。

"不可能，要么是哪里出了问题，要么这只是个恶作剧。"

就如同怀尔斯所说的那样，不久，就被暴露出这是个愚人节的恶作剧。虽然能够安心地松一口气，但这件事并不能否认证明过程中的重大缺陷。最终，怀尔斯下定决心，承认了证明的失败。

就在此时……

上天不会辜负每一个努力进取的人。

当初，怀尔斯以证明"谷山—志村的猜想"为目的来研究日本数学家岩泽健吉的"岩泽理论"。但"岩泽理论"作为证明"谷山—志村猜想"的核心理论仍不够充分。因此，怀尔斯暂且放下此理论。

不过怀尔斯突然发现，"岩泽理论"和"科利瓦金—弗莱切方法"的组合使用，能够在他们陷入挣扎的重大缺陷上发挥作用。

"泰勒先生！是'岩泽理论'！'岩泽理论'！"

"那不是一度被放弃的理论吗？"

"是的，可当它同'科利瓦金—弗莱切方法'组合的话，所有的问题就能解决了！怎么没早点发现呢……"

回想起这7年所受的苦，最终有了结果。到1994年10月，延续了三个半世纪的历史难题如今才算真正画上了句号。

怀尔斯完成了数学界一项伟业，是名副其实的大人物，他的名字将镌刻在历史的长河中。

在这崭新的历史性时刻，没有人投有怀疑的目光。大家对费马最终定理和"谷山—志村猜想"被成功证明一事心悦诚服。"朗兰兹纲领"，即"在一门学问中，把不同领域间的理论联系起来，将会发展为无穷大"的提案之一也得以实践。

可以说是"数学界的天下一统"。

但是，与秀吉和家康所说的"天下一统"不同的是，这一次一统不是拥有超凡魅力的领袖级人物给整个世界带来了希望。

显然，这是数学大转变的瞬间。

怀尔斯最终完成了这项证明。毋庸置疑，在这三个半世纪中，不管是专业的、非专业的数学家们所贡献的智慧，都为怀尔斯完成这一壮举奠定了基础。

看似是草率不负责任的"随口一言"，但如果没有费马的这一假说，在那之后恐怕数学的发展也止步不前了。

↓

2009 年初冬，东京

　　我邀请香织来到由实酒吧，与她共同分享阐明费马最终定理的扣人心弦的结局，不，也许这并非我的真正目的。

　　香织打开玻璃拉门，走了进来，冲在那里坐着的我温柔一笑。也许我自己还没完全意识到，不知不觉间我对香织的每一个表情都变得不愿错过。

　　我们稍稍碰过杯后，就聊起了费马最终定理的结局。

　　"又不是当事人，所以没资格说那种大话。说实话，能够被成功证明真好，我真的打从心底里高兴！"

　　看着香织津津有味地喝着啤酒，受她的诱惑，我也端起玻璃杯喝了起来。

　　"我觉得，从费马最终定理和'谷山—志村猜想'中派生出来的一些重大理论终于得到了'公民权'，这在逻辑至上主义的自然科学世界里是一件重大事件，如果费马在世，他会怎么说呢？"

　　"说起来，费马当时留下了这样的笔记：'我确信已发现一种美妙的证法，可惜这里空白的地方太小，写不下'。"

　　"香织，你当时还说了'真是讨厌的人'，是吧？"我说道。

　　香织重重地点了点头，说道："不管怎么想，我还是觉得他在说谎。虽然，他对自己猜想的结果信心十足，说自己能够证明出来这种话也不是毫无根据。可花了三个半世纪，由怀尔斯历经重重困难才证明出来，我觉得他该检讨一下。"

　　"真是不负责任啊！"香织说着，点了一杯鸡尾酒。

"老板，我要又苦又烈的。"

"不过，我觉得吧，证明这种定理的人自然不用说，但提倡的人更厉害。"

"为什么啊？"

香织用一副"无法赞同"的表情看着我。

"当然，以怀尔斯为首，执着于这个问题的人们做出的成就是惊人的，但如果费马没有提出这个异想天开的猜想，还会有人发表和费马同样的猜想吗？"

像是不想打断我们，老板轻轻地把杯子放到我们面前。

"终其一生为了证明费马最终定理的人数不胜数。但如果没有这个猜想，即使不能直接断言数学的成就会远不如今天，但总感觉会走向偏离的道路。"香织以略带嘲讽的语气说我像个评论家似的，不过她好像在仔细琢磨我说的话，微微点了点头。

我一直觉得，费马、欧拉、哥德巴赫等人与现代人相比，他们具有格外旺盛的好奇心和丰富的想象力，并且充满了生机与活力。随着社会发展的日益成熟，好奇心和想象力不可避免地不断降低，但并不代表现代社会不再需要好奇心和想象力。

"说句与数学不相干的话，当今社会也变得奇怪了。是不是因为经济萧条，越来越多的孩子变得很现实？"

"我弟弟也这样说过。听说有很多孩子将来的梦想是当拥有铁饭碗的'公务员'。我们那个时候，怎么可能想这么多呢！"

"像怀尔斯那样，10 岁与费马最终定理'邂逅'并备受震撼，怀有'下定决心一定要证明它'这样梦想的孩子应该不多了吧？"

"嗯，不过，随着社会的发展并演变成今天这个局面，在某种程度上不也是没有办法的吗？"

香织这样说着，一会儿又望着天空叹息道："尽管是这样，可孩子们的梦想……"

"但依我看，唯独数学领域目前还算能勉强继续下去。全世界仍有不少大数学家献出一生对看起来无关痛痒的事情狂热执着，你不觉得这样的形象和在游戏中找到隐藏角色而欣喜的孩子们很像吗？"

"是的，你可真会说！"

"那是因为，所谓数学的魅力通过学校的学习是无法感受到的。"

"把各种未解猜想也告诉小学生们怎么样？会不会发掘出第二个怀尔斯！"

接下来的一段时间，我们一直沉浸在香织弟弟说的"当今的孩子们"和"未解猜想"的话题中。

不知不觉，已是深夜，老板给我拿来了那个晚上数不清是第几杯的啤酒。

"你们两个今天好像比平时聊得更起劲儿呢。"

"那是因为是历史性的瞬间嘛！"

"难道，你们两人……"

"又在胡说了。"香织瞪着老板嘲笑道。

在那之后又喝了一会儿，已经喝得酩酊大醉的我们准备从人影稀疏的涩谷大道上走回去。

因喝了很多酒而暖和起来的身子，一出来反倒感受到了刺骨的寒冷。

"啊，下雪了！今年的雪来得真早呀！"

难怪这么冷呢，我把外套向里拢了拢。香织可不管，在飞舞飘落的雪花中欢快地跳着。如果说，此时的香织是一只欢脱的小狗，那我就是一只蜷缩的猫。我一个人在那里笑着，香织伸出手接着飘落的雪花。

"快看，它和费马不一样，雪花马上就会'融化'。"

我们两个人大声地笑着。忽然，香织直视着我的眼睛说道："小河，谢谢你。"

"怎么了？"

"费马的故事，虽然一开始也不太明白，但其实挺有趣的。"

透过大雪看香织，我觉得她变得更漂亮了。

"我才应该说谢谢，有人跟我聊天我才……"

话还没说完，香织突然一把紧紧抓住我的左腕，因为太突然了，我惊讶得说不出话来。

"下雪了，高跟鞋太滑了，先让我挽着，可以吗？"

香织把脸靠在我的胳膊上，我们沉默地走着。

我意识到，不知从什么时候开始在我心里泛起的那片涟漪，突然一下就扩散开来，像满湖的湖水，占领了我的整颗心。

我顾虑着和平时一样穿着 7 厘米高跟鞋的香织，慢慢地走着。可不一会儿，雪就下大了。路上的行人纷纷伸手去拦出租车。

"香织，要不我们也坐出租车吧？"

在出租车上，我们也依旧沉默着，看向各自的窗外。我偷偷地瞥了一眼香织的侧脸，她看起来有些忧伤。

大约过了 5 分钟，到了香织家门口，香织下了车。只剩我一个人坐在出租车里。在等着红绿灯时，我透过后视灯看到正在轻轻挥手的香织脸上隐隐泛着微光。

"难道是眼泪？"

我把头探出窗外想要仔细看清楚，可漫天飞舞的雪花阻挡了我的视线，无法确认。

香织走了过来对出租车玻璃窗呼了一口气，在充满雾气的玻璃窗上画了一个大大的爱心，她想要继续在里面写些什么。可这时，信号灯变绿，出租车发动了。

"……"

好像是汉字数字"十"的那一竖，不过有点倾斜，每每通过路灯下时，就会浮现出来。"到底写的是什么呢？"

我紧紧盯着它，不知已经融化成水滴的雪花是否明白我的心情，它像擦掉字迹一般在车窗上滑落。车驶到我家的时候，车窗上的字迹已经完全消失了。

我走到玄关想要脱下外套时，视线突然落到了左边的袖子上，香织脸颊贴过的地方全湿了。

果然。

我想起刚才香织的侧脸，胸口像被什么东西紧紧卡住了一样。

"香织……为什么……"

为了让冰冷的身体暖和起来，我将浴缸里放满热水，好好地洗了个澡后回到了客厅。这时，桌子上的手机振动起来。

是香织打来的。

"喂？"接起电话就听到了香织低沉的声音。

"明天晚上去关西出差，待一段时间，然后顺便回一趟老家，差不多圣诞节的时候能回来吧。"

暂时会见不了面，此时我感觉有种说不出的难受。因为是在电话里面，所以我没有必要隐藏痛苦的表情。我用尽全身力气，故作若无其事地回答道："这样啊，圣诞节那天我白天和晚上都要工作，如果你有时间的话欢迎过来。"

她流泪的原因以及车窗上的字，我没问她。

"我会给你带礼物的。那，晚安了。"

"好的，晚安，祝你一路顺风。"

香织稍微停顿了一会儿，用轻柔的声音说着："明天，还是一起吃午饭吧？"

庆幸电话那头的香织看不到自己，我绽放着满脸的笑容，回答道："好！"

第二天，我在老地方等着香织，可她一直没有出现，也没有回我的短信。

午休的时间一点点过去，我不得不回去了。正要回去的时候，终于传来了手机短信的铃声。

"对不起，我还是去不了——香织。"

下午的工作我也是心不在焉，一到下班时间，我就立刻飞奔到了老板的店里。我抓着还在做开店准备的老板，把那次 7000 日元晚餐的事情和香织在出租车车窗上写字的事情，还有约定好今天中午吃午饭的事情……把自己未能想通的都倾吐了出来。

我好像忘了喘气，一口气说个不停。老板给我倒了一杯冰啤酒，像是在和着音响里飘来的《一点点单恋》的歌词，用温柔的表情说道："小河，让你读懂女孩子的心，还为时尚早吧……"

↓

2009 年平安夜，东京

"香织小姐这周怎么不来？"

居酒屋的店主注意到直到周四的晚上香织都没出现过。

"说是出差了，好像这周末之前都不在。"

"这样啊，很寂寞吧，河西。"

将近一周没能见面，这恐怕是认识香织以来的第一次吧。

"店长，如果将中文数字'十'的一竖稍微倾斜，会变成什么字呢？"

"什么？你能再说一遍吗？"

我一边朝天花板用手指比画着，一边又慢慢地重复了一遍。

"嗯，如果是平假名的话，不就是'あ''お''さ''す'吗？怎么突然问起这个？"

"香织小姐她……"

"香织？"

"在出租车的窗户上写了一半的……"

那晚，老板最终还是什么都没告诉我。说是让我自己思考，但我已经绞尽脑汁。于是，我将下一个询问对象选定为打工地居酒屋的店主，不过仍没得到答案。

"河西，我以为你是属于晚熟的类型，原来是我想多了。这不，你正在为青春而苦恼嘛。"

青春，我对于店主的话感到些许吃惊，但为了听到答案，仍低头不语。店主满是戏谑地问我道："香织，她没有男朋友吧？"

"我也不清楚……"

"说实话你喜欢她的吧？反倒是香织小姐她……"

"好了，好了，现在这都是无关紧要的。话说，那个字到底是什么啊？"

我有点焦急地逼问着店主。

"说得也是，就我的经验而言，'あ'就是'我爱你'，'お'就是'晚安'，'さ'有点搞不清楚，但'す'肯定指'喜欢'啊！大概是这些意思吧。"

"你怎么一下就想出来了啊？"

"哈哈，怎么说也是个过来人嘛。"

店主豪爽地笑着，喝干杯中的啤酒，狠狠地拍了拍我的背。

那晚，我一边裹在被窝里，一边思考着连店主也不清楚的"さ"所代表的意思。我试着打消在问店长前就一直浮现在我脑海中的那句话，也找了找有没有能代替的词语，但一直没找到合适的。

在与香织小姐最后一次见面的 10 天后，迎来了平安夜。

街道被红色与绿色点缀，偶有星星点点的雪花纷飞。店内坐满了情侣，连居酒屋都是这样，更不用提环境雅致的酒吧了吧。虽然店内十分喧闹，但我的头脑格外冷静。在这冷静中，我清楚地听见了拉门被拉开的声音。

"哟，部长，欢迎光临。平安夜就一个人吗？"

"一会儿还有人要来呢。"

店主精神十足的声音在耳边响起。客人多的时候店主便格外高兴，总是笑眯眯地为客人引路。

"哗啦哗啦——"

门又一次被拉开，我满怀期待地看向门口，却又是空欢喜一场。是书籍批发店的芝田先生。

"欢迎光临！是芝田啊。不愧是圣诞夜，今天又是和格外美丽的女士一起来的呢……"

"是我夫人哦！"

"我叫明子，我先生一直承蒙您关照呢。"

芝田夫人一副惊讶的表情盯着苦笑着的芝田先生。

"不，我平时都是一个人，所以今天他才吓了一跳的，对吧？"

芝田先生突然将话题抛给了我，为了迎合他的话，我只好拼命点头。

在这之后，到了深夜，常客们还陆陆续续地聚在一起，店里变得十分热闹。店主也完全喝醉了，甚至说出"把店关了和大家一起喝酒吧"这样的话。

我却融入不进周围的热闹气氛。正当我摘下围裙准备下班时，听见了店门被轻轻打开的声音。

是香织小姐。

我凭着直觉，紧紧地盯着门口方向。

"欢迎光临！香织小姐！"

一身牛仔衣而不是职业西装的香织小姐有些腼腆地站在门口。

太好了！是香织小姐。

"你去哪里了啊？香织小姐，河西可是寂寞了呢。"

店长一边假哭着一边说道，指着我笑起来。

即使过了夜里 12 点，店里依旧人声鼎沸。为了融入这个气氛中，我和香织喝酒的节奏也加快了。即使喝再多的酒头脑依旧清醒的我终于豁了出去。

"香织小姐。"

将杯子放在唇边正要喝酒的香织侧头看向我："怎么了？"

"那天，你想写的是什么啊？"

"在说什么呢？"

"写在出租车的玻璃上的……"

香织假装仔细思考后，说笑般告诉我她已经忘记了。

"我可记得。"

"那你还问我？"

"因为你没写完呀，你当时就写了比中文数字'十'稍微倾斜的几个笔画……"

"写了什么都无所谓了。"

香织好像生气一般转过脸去说道。但我仍不肯罢休，不把这件事情确认好，什么都做不下去。

"我想是不是'あ''お''さ''す'其中的一个啊？这里面有

正确的答案吗？"

拜托了香织小姐，不要选"さ"。

我闭着双眼等待香织的回答。突然听见了香织的低喃。

"是'さ'哦。"

之前所有的猜想落空，唯一一个不想听到的字传入了我的耳中。

"我呢，决定回老家了。"

"什么？"香织要走了？

周围仍是一片喧闹，我却什么都听不见，只有香织的声音清晰地传来。

"其实，我有小学的教师资格证。现在，我的父亲在我毕业的小学当校长，因为是乡下，正因师资不足发愁呢。当然，我还是得先通过录用考试……"

香织小姐神色平静地说着，时不时用安慰哭泣孩子般的眼神看向我。想必我的脸色一定很难看吧。

"但是，我做出这样的决定是因为你。"

一改之前的温柔，又变回强硬语气的香织小姐单手揉了揉我的头。

"因、因为我？"

"嗯！我下定决心的关键在于，或许可以教给孩子们数学的奥秘。"

很少能见到香织这样热情地说一件事，我也不禁为她高兴起来。

但一想到香织小姐会离开，我还是无法接受。

"真的吗？真的要回老家当老师吗？"

我细微的声音，还是被旁边的店主听见了。

"什么？什么？香织小姐，你要当老师？"

店主大声的询问传到了店里每个人的耳中，大家齐刷刷地转头看向这边，接二连三地发问道。

"不会吧？"

"香织小姐，真的吗？"

"回老家，就是要离开东京了吗？"

"为什么这么……"

"我又不是要去死，用不着这么难过呀！"听到大家悲伤的语气，香织故意缓解气氛，试图把大家不舍的情绪消散开来。

"河西，你、你怎么办？"

店主突然的询问让我不知如何回答。

"店长，你问小河，他能有什么办法呀！"

香织小姐伸出手将我护在身后，生气似地翘起嘴打趣地说道。

"抱歉！抱歉！但我想这小子肯定是没香织小姐不行的啊！河西你……"

在大家的注目下，我没忍住，眼泪滚落下来。

又喝了一个半小时左右，大家渐渐散了。走出居酒屋，我和香织向由实酒吧走去，想着跟老板也打个招呼。店里果然坐满了客人，再一次让我领略到了平安夜的"威力"。虽然很想立刻和酒吧老板说这件事情，但我们只好漫无目的地走在涩谷街头。想着现在不问可能就永远没机会问了，我深吸一口冰冷的空气，终于问了出来。

"香织小姐，上次见面时，你已经下定决心了吧？"

"上次？"

"上次在出租车上……"想要说这句话，可我嗓子嘶哑得发不出声来。

"是昨天决定的。"

"昨天？真的假的？那之前在出租车上……"

这次我不由得大声说道。香织小姐停下脚步，好像不知道发生了什么一样茫然地看着我。香织小姐在一脸困惑的我面前沉默了片刻。突然，这份感觉似乎将永远持续下去的沉默，被香织的笑声打破了。

"哈哈哈！原来如此，是这么回事啊，所以才这副表情啊。"

"可是……"

止不住笑声的香织小姐好像没有听见我的嘟囔。

"'さ'是 thank you 的'さ'哦！"

"你对于马上要教数学的我来说是很重要的，所以不可能对你说'再见'什么的嘛！"香织小姐握紧我的双手说道。

"什么嘛！原来是 thank you 的'さ'，你知道我有多难过吗？"

我连带着将香织冰凉的手指放进衣服的口袋里。

"抱歉！抱歉！"

"可是，最终还是要回老家，是吧？是在长野县吧？"

"嗯，虽然有点远，但偶尔还是能来东京的。对了，你也要去读大学了吧？"

"嗯？"

"啊！好痛！"

我吃惊地看向香织小姐，下巴正好撞到了香织的头。没穿高跟鞋的香织小姐，个子比想象中还要矮些。

"早就发现你的计划了！你不是为了买资料或是申请书，还特地跑去那家书店去找了嘛！"

"啊？被你看穿了吗？"

我试图将出汗的手指从香织的手里挣开，可香织一直用力地握着。

"倒是我，如果能通过录取成为老师的话……"

"嗯，看来接下来这段时间我们两个都要好好备考了。"

就在我们相视一笑时，突然有片片雪花纷扬飘下。

"啊！又下雪了！"

"真的呢，白色圣诞夜啊！"

我们松开紧握的手，将手掌伸向天空。为了更快地用手接到飞舞的雪花，我们将手高举过头顶。这时，一辆出租车停在了我们面前。

"算了，坐吧！"

我和香织大声笑着，坐上了出租车。

下车时，香织像个恶作剧的孩子一样，又在车窗上哈了一口气。

当她画完一个爱心符号时，信号灯变绿，出租车立刻驶了出去。

"啊！"

"啊！"

香织透过车窗，用力地向我招手。透过玻璃远远看去，香织站在她画的爱心中间。香织仍在远远地用力向我招手，直到车子转过街角。

补充解集

（按在本文中出现的顺序所写）

※ 在本文中，有所进行说明的概念以及词汇在此省略。

圆柱和球的体积

阿基米德的实际算法如下：

首先，思考半径为 r 的半球，底面半径为 r，且高为 r 的圆锥，然后思考底面半径为 r，且高为 r 的圆柱（如图所示）。

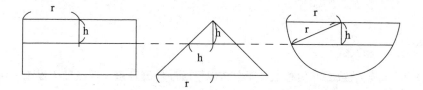

一看我们便知体积最大的是圆柱，体积最小的是圆锥。然后在半球里装满水，将其放入圆柱里，思考要放多少杯水才能装满。然后将体积转换成重量，阿基米德猜想圆柱的重量 = 圆锥的重量 + 半球的重量。将这些立方体切成薄片的时候，试着比较一下它们各自的面积。

从左图开始，依次是圆柱、圆锥、半球。在三个物体里水平地切三个等高片层，各个切口都是圆形，面积算法如下所示：

圆柱：$r \times r \times \pi = \pi r^2$

圆锥：$h \times h \times \pi = \pi h^2$

半球：$(\sqrt{r^2-h^2})^2 \times \pi = \pi(r^2-h^2)$

在这里，将圆锥和半球的面积加起来就是 $\pi h^2 + \pi(r^2-h^2) = \pi r^2$，和圆柱的面积完全一致。不管从哪里切，切下的片层面积都是圆锥＋半球＝圆柱，所以体积也是圆锥＋半球＝圆柱。圆柱的体积是底面积×高，即 πr^3。在这里我们知道，圆锥是圆柱的 1/3，即 $1/3(\pi r^3)$。所以，半球的体积就是圆柱—圆锥，即 $2/3(\pi r^3)$，因为球是半球的 2 倍，所以球的体积就是 $4/3(\pi r^3)$。

自然数

自然数即非负整数。可以按以下顺序扩展开来。自然数（零和正整数）→整数（包括正整数、零和负整数）→有理数（可以用分数形式表示的全体数）→实数（包括有理数和像 $\sqrt{2}$ 和 π 等在内的以及不能用分数表示的"无理数"）→复质数（包括 2 次方后为负数的虚数）。

质 数

质数是在自然数中除了1和它本身以外不再有其他的因数。2、3、5、7、11、13、17、19、23、29 等，数学家们最终证明了存在无穷大的质数（质数有无限个）。2010 年 2 月至今，据说发现的最大质数是 $2^{43,112,609}-1$，大约是 2 的 4300 万次方，约有 1300 万位数。在数学的许多未解猜想中有很多都和这个质数有关，因此单纯的质数定义在数字的世界里就有很多未解之谜，所以存在研究的价值。同时，将一个非质数（称作合数）用几个质数相乘的形式表达出来叫作分解质因数。例如，60 可以分解成 $2 \times 2 \times 3 \times 5$。

费马小定理

费马小定理是在费马最终定理之前提出来的，把 p 设为质数，a 设为与 P 互质（即两者只有一个公约数 1）的整数。那么，$x^{p-1}-1$ 被 p 除余数始终为 1。使用此公式，x 无论是多么庞大的数字，我们都能够得出除以质数 p 之后的余数为 1。因此，此定理因为其判定质数起到作用而受重视。不过这个定理费马当年也没有给出证明，最早是被莱布尼茨所证明的。后来，欧拉将其扩充并一般化，这以定理在证明费马最终定理过程中也得以应用。

未解决问题（未解决的猜想）

美国的克雷数学研究所为纪念世纪末准备了奖金，用于悬赏2000年提出的7大未解决问题。其中包括"NP完全问题""霍奇猜想""庞加莱猜想""黎曼假设""杨·米尔斯理论""纳卫尔—斯托可方程""BSD猜想"。一般人是无法理解其具体内容的，第三个"庞加莱猜想"本文也提到过，于2006年已解决了，现在还剩6个。其中难度的制高点应该是"黎曼假设"。"黎曼函数"指的是，是否能求出1到某个数字之间存在多少个质数。话题会变得有些专业，有一个被称为"黎曼函数"的复杂函数，如果能证明使"黎曼函数"等于零的所有解都在一条直线上，那么也就可以证明这个猜想是正确的，与质数分布有关的许多谜团也就能够解开了。一旦弄清质数的性质，可能"哥德巴赫猜想"，即4以上的偶数可以表示成2个质数之和，也能被证明。

同时，也有类似的猜想，即5以上的奇数都可以表示成3个质数之和，早已被证明出，如果黎曼猜想是正确的，那么这个猜想也是正确的。如同费马最终定理和"谷山—志村猜想"，在数学中存在很多"如果黎曼猜想是正确的，那么这个也是正确的"等对数学研究有价值的断言。毫无疑问数学界也一直期待这个猜想被证明出来。

另外一个容易理解的是"冰雹猜想"（角谷猜想），它是在20世纪末期被提出来的一个新问题。对于任意一个正整数，如果它是奇数，则对它乘3再加1；如果它是偶数，则对它除以2，如此反复，

最终都能够得出 1。比如 7，可以得出 7→22→11→34→17→52→26
→13→40→20→10→5→16→8→4→2→1。像 27 等数字算起来会比
较麻烦，但的确，最终都能得出 1。实际上，尝试计算几个还是挺
有趣的，要证明却极其困难。

模形式

三角函数（例如 y=sinx）是以角为自变量（周期为 2π）反复
着同样波形的函数。（如图所示）

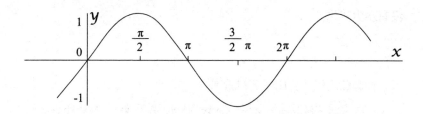

像这样，即使以某种方法进行变换，也能保持与原来函数不变
的这一性质就叫作自守形式。这种自守形式的扩充就是"模形式"。
就如正文提到的一样，"模形式"是复平面的双曲空间，就必须要放
在非欧几里得几何学支配的四次元空间里思考，所以就和三角函数
一样甚至用图表或公式都无法表示。

函 数

上述莱布尼茨所研究出的概念里，根据某个变量，都有一个固定的值与此相对应的式子就是函数。最简单的一次函数应该是我们在初中所学的 $y=ax+b$。例如某人以 100 米 / 分钟的速度从家步行到公司，顺便去一下离家 300 米的便利店，从便利店到公司所需 15 分钟。试问，家到公司的距离为多少千米？这个问题就可以用一次函数来解决。设所求的距离为 y，$y=100 \times 15+300$，即得出距离为 1800 米。

这是最基本的一次函数，变量（指 x）的数值增加，或者次元增加时，函数也会相应变得复杂起来，但是它的基本概念还是我们一开始所描述的那样没有发生变化。即"变量决定固定值"的式子没有发生变化。

椭圆曲线和"谷山—志村猜想"

一般来说，"椭圆曲线"是将 x、y 设为未知数，用 $y^2=x^3+ax^2+bx+c$（a、b、c 为有理数）来表示的曲线，以 x 组成的多项式右侧，不会出现重根现象。如正文所描述，将费马最终定理变形为 $y^2=x^3+(A^n-B^n)x^2-A^nB^n$，这是上述"椭圆曲线"中的一种。因此，"椭圆曲线"是否有整数解的这一问题把"谷山—志村猜想"和费马最终定理联系了起来。

"谷山—志村猜想"，即有理数域上的"椭圆曲线"都可以被模形式化。例如，所谓圆的方程都可以用 $x^2+y^2=1$ 来表示，当

x=cos θ，y=sin θ 时，使 θ 在实数范围内运动，就能够表达出圆周上的所有的点，被称为"圆在三角函数上被一致化"。"椭圆曲线"和"模形式"也是同样的道理。而且，"谷山—志村猜想"表达的就是对于任何一个"椭圆曲线"都能够成立。

命题和逆否

我们就以"运动全才就擅长游泳"的命题为例吧。这个命题的逆命题是"擅长游泳的人是运动全才"。它的否命题是"不是运动全才就不擅长游泳"。它的逆否命题是"如果不擅长游泳，就不是运动全才。"

根据下图可以很容易地理解：

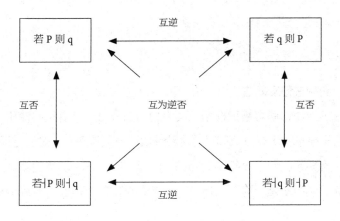

195

将运动全才设为 P，擅长游泳设为 q。

首先，请试着思考一下"运动全才就擅长游泳"这个命题，命题本身是正确的。运动全才肯定擅长游泳吧，但是，擅长游泳的人就一定是运动全才吗？出生于南方的人，即使从小就擅长游泳，但也有从未滑过冰的，所以是不正确的。因此"如果不是运动全才就不擅长游泳"这个命题也是不正确的。其逆否命题"不擅长游泳的人就不是运动全才"是否正确呢？

不擅长游泳的人称作运动全才那是不可能的。因此，上述逆否命题是正确的。

如此一来，不管是什么样的命题，其命题的真假性和其逆否命题的真假性是一致的。这么说来，逆命题未必是真命题的情况也是存在的。

弗雷利用命题和逆否的关系，证明出费马最终定理的真假与"谷山—志村猜想"的真假具有一致性。

归纳法和反证法

归纳法，通常是指根据一类事物的部分对象具有某种性质，推出这类事物的所有对象都具有这种性质，是从特殊到一般的过程。

例如，我们至今听到的猫的叫声是"喵"，所以我们就认为所有猫的叫声都是"喵"。但是，数学界追求其严密性，笼统地概括是不行的，所以，出现了称作"数学归纳法"的严密的证明方法。例如，$2^n > 2n-1$，n 为任意自然数时都成立，以归纳法表示如下：

首先，当 n 等于 1 时左侧为 2，右侧为 1 是正确的。接着，假设 n 为 k 时也是成立的。

也就是说：

$2^k > 2k-1 \cdots\cdots$ ①

以此为条件，n=k+1 时是否成立呢？也就变成这样：

$2^{k+1} > 2(k+1)-1 \cdots\cdots$ ②

$P(k)=2^k-(2k-1)$。此时根据①以 P(k)>0 为条件。

变成 $P(k+1)-P(k)= 2^{k+1}-(2k+1)-\{ 2^k-(2k-1)\}= 2^k -2$，根据 n=k+1（n 为自然数）$k \geq 0$，所以 $2k-2 \geq 0$。

因此，可得出 P(k+1) ≥ P(k)>0，因为以①为条件可以证明②式，所以就能证明关于所有的自然数 n 都是满足 $2^n > 2n-1$ 这个公式的。

另一方面，所谓反证法，就是首先假设某命题不成立，然后推出明显矛盾的结果，从而下结论说原假设不成立，即原命题得证。例如，刑侦剧里有这样的场景："假设那家伙是犯罪嫌疑人，可在犯罪现场，附着的是非被害者的血液。但是，这个血型与犯罪嫌疑人的血型又不一致，也就是说那个人不是犯人吗？"如果这个方法用在数学界时，需要更加谨慎。

例如，"质数是无限个的"这个命题用反证法证明如下：

首先，假设质数是有限的。

这么一来就存在"有最大质数"，将其设为 p。

然后，我们把从 2 开始的所有质数相乘一直乘到 p。

就能得到，$2 \times 3 \times 5 \times 7 \times \cdots \times p$ 的数字。

将其加上 1 的数设为 q，则 $q=2 \times 3 \times 5 \times 7 \times \cdots \times p+1$。此时 q 无论被任意质数除，都除不尽（余 1），根据这个公式就一目了然了。也就是说，q 是质数，因为 q 明显比 p 大，所以就会与 p 是最大的质数这一假设产生矛盾。因此，最初的假设"质数是有限的"这个命题就是错误的，即可以证明质数是无限的。

岩泽理论

"岩泽理论"是由 1917 年出生的数学家岩泽健吉在 1960 年提出来的，是为了跨越解析几何方面的"黎曼函数"和代数方面的"整数论"这两个领域之间的间隔，并将它们连结起来的一大猜想。从结果来看，最后被怀尔斯在任意总实数体的情况下证明出来了。费马最终定理与不同领域的"谷山—志村猜想"存在着联系，这一点，说是在费马最终定理之间 30 年前就被预料到也不为过。之后，被各种各样的对象一般化后，在当代，成为数论的中心课题之一。

图书在版编目（CIP）数据

费马最终定理 /（日）日冲樱皮著；金明兰译 . — 南昌：
百花洲文艺出版社，2017.9（2017.11 重印）
ISBN 978-7-5500-2350-5

Ⅰ . ①费… Ⅱ . ①日… ②金… Ⅲ . ①长篇小说—日本—现代
Ⅳ . ① I313.45

中国版本图书馆 CIP 数据核字（2017）第 181159 号

江西省版权局著作权合同登记号：14-2017-0263

［SHOSETSU］FELLMER NO SAISHUTEIRI
Copyright © 2010 by Kaniwa HIOKI
First published in Japan in 2010 by PHP Institute, Inc.
Simplified Chinese translation rights arranged with PHP Institute, Inc.
through Bardon-Chinese Media Agency

费马最终定理
FEIMA ZUIZHONG DINGLI

〔日〕日冲樱皮 著 金明兰 译

出 版 人　姚雪雪
出 品 人　刘运东
特约监制　肖　恋
责任编辑　周振明
特约策划　黄　琰
特约编辑　黄　琰　苗玉佳
封面设计　程　然
封面插画　X u A n
出版发行　百花洲文艺出版社
社　　址　南昌市红谷滩世贸路898 号博能中心1 期A 座20 楼
邮　　编　330038
经　　销　全国新华书店
印　　刷　北京市松源印刷有限公司
开　　本　880mm × 1230mm 1/32
印　　张　6.5
版　　次　2017年9月第1版　2017年11月第2次印刷
字　　数　126千字
书　　号　ISBN 978-7-5500-2350-5
定　　价　36.00 元

赣版权登字：05-2017-302
版权所有，盗版必究
发行电话 0791-86895108
网　址 http://www.bhzwy.com
图书若有印装错误，影响阅读，可向承印厂联系调换。

破局之道：资本市场的"海洋规则"

创业与投资回归本源时代：万物重返海洋

2014 年，"大众创业、万众创新"的号角在中国 960 万平方公里的土地上吹响，创业与投资市场一瞬间被点燃。股权投资行业伴随着千千万万踏上追梦之旅的创业者，开始加速发展，"万众创投"的年代也随之到来。2015 年投资总额 5255 亿元，到 2017 年，全年投资额便突破了万亿规模，达到了 12111 亿元。但进入 2018 年，随着《关于规范金融机构资产管理业务的指导意见》（以下简称"资管新规"）出台、A 股 IPO（首次公开募股）审核趋严、上市公司"爆雷"、海外上市破发等政策及市场环境的变化，股权市场瞬间由狂热降到了冰点，募资端开始了大幅的下滑。2019 年，股权市场彻底进入了冰河时期，2019 年上半年股权市场投资总额仅实现 2611 亿